高速戦艦「赤城」3

巡洋戦艦《レキシントン》急襲

横山信義
Nobuyoshi Yokoyama

C★NOVELS

扉　画　佐藤道明
地図・図版　安達裕章
編集協力　らいとすたっふ

目次

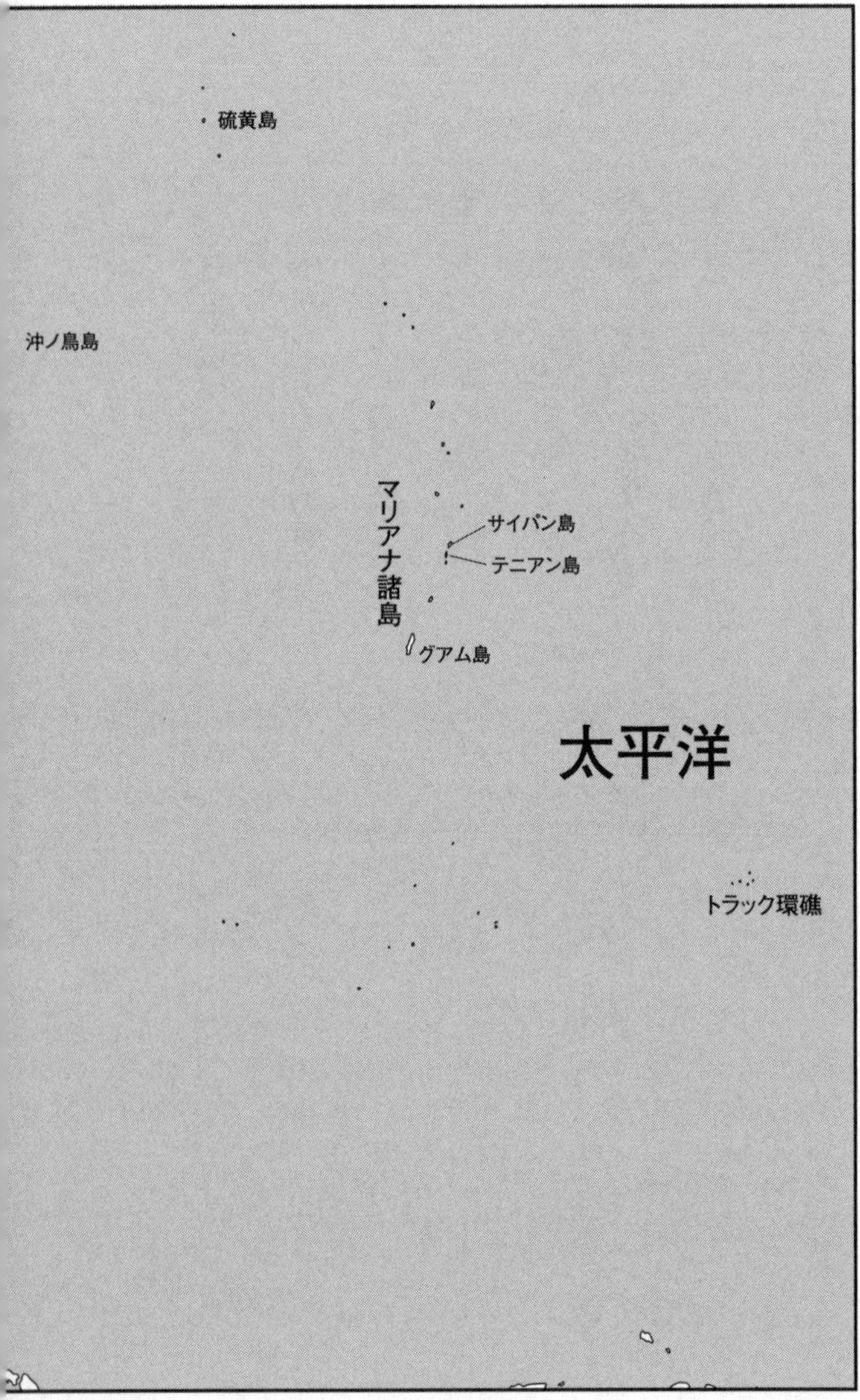

硫黄島
沖ノ鳥島
マリアナ諸島
サイパン島
テニアン島
グアム島
太平洋
トラック環礁

内南洋要域図
沖縄
台北
新竹
台湾
台南
高雄
石垣島
宮古島
西表島
南シナ海
リンガエン湾
ルソン島
マニラ
フィリピン
バターン半島
コレヒドール島
ミンドロ島
サマール島
タクロバン
パラワン島
パナイ島
レイテ島
ネグロス島
パラオ諸島
バベルダオブ島
コロール
ペリリュー島
ミンダナオ島
モロ湾
ダバオ
ボルネオ島
セレベス海
モロタイ島
セレベス島
ハルマヘラ島

サイパン島詳細図

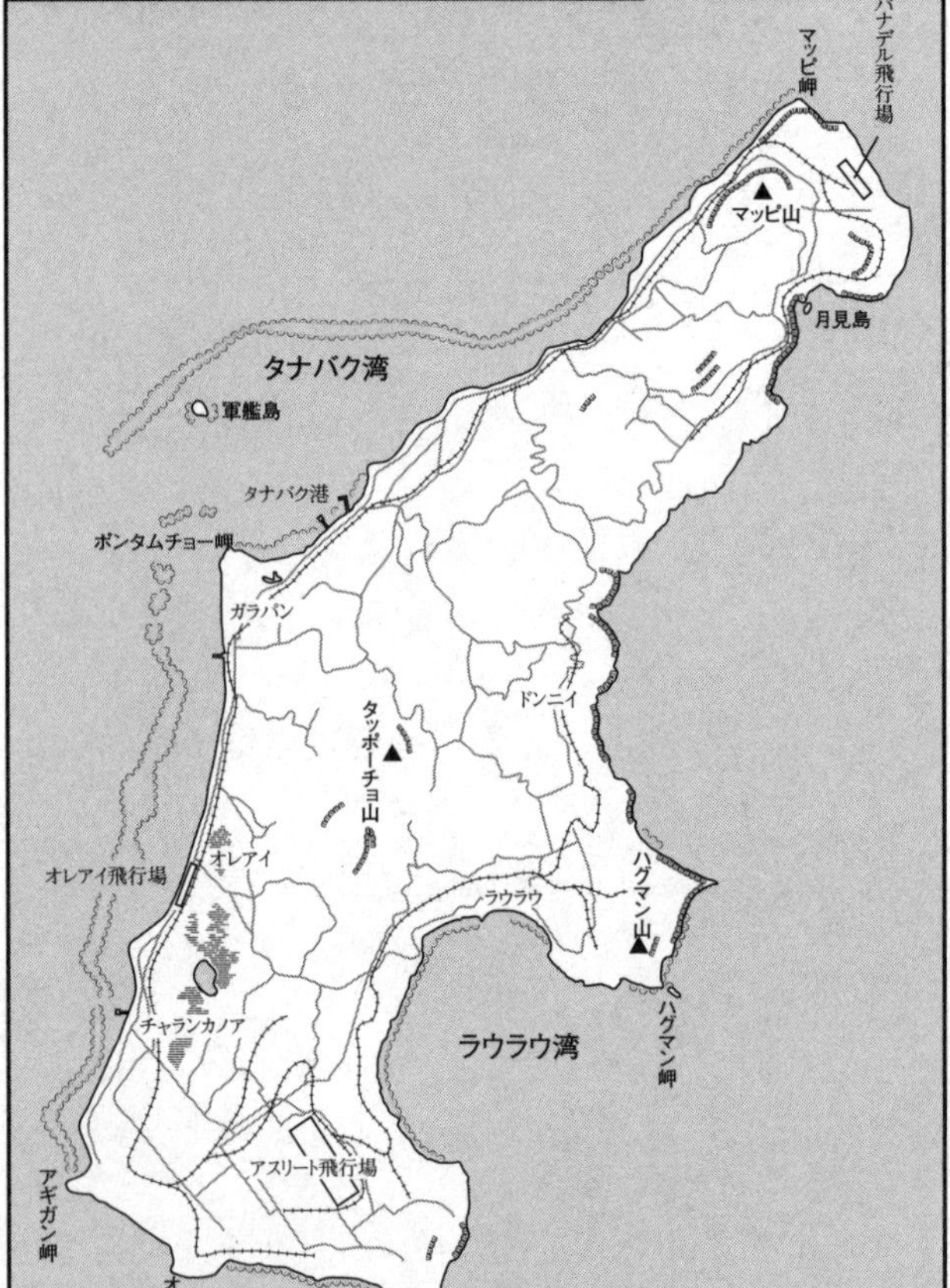
パナデル飛行場
マッピ岬
マッピ山
月見島
タナバク湾
軍艦島
タナバク港
ボンタムチョー岬
ガラパン
ドンニイ
タッポーチョ山
オレアイ
オレアイ飛行場
ハグマン山
ラウラウ
チャランカノア
ラウラウ湾
ハグマン岬
アスリート飛行場
アギガン岬
オビアム岬
ナフタン岬
0
2
4 km

高速戦艦「赤城」3

巡洋戦艦《レキシントン》急襲

第一章　未知なる鉾先

1

南太平洋の真っ青な海面が、潜望鏡《せんぼうきょう》の狭い視界に入って来た。

波は高めだ。風に砕《くだ》かれる波頭《なみがしら》が陽光を反射し、宙《ちゅう》に舞う様《さま》が見える。

呂《ろ》号第三三潜水艦《せんすいかん》長坂本栄一《さかもとえいいち》少佐は潜望鏡を一旦《いったん》下げ、右に六〇度回転させた。

再び潜望鏡を上げ、海上の様子をうかがった。

「対潜艦艇の姿なし、か」

坂本は潜望鏡を下ろした。

艦の現在位置は、トラック環礁《かんしょう》の南東だ。

環礁に複数ある水道《すいどう》のうち、南端の小田島《おだじま》水道から五〇浬《カイリ》の距離を隔《へだ》てている。

時刻は一五時二七分（現地時間一六時二七分）。太陽は西に大きく傾いているが、海上はまだ明るい。

環礁の周囲、特に水道付近では、駆逐艦《くちくかん》を始めとする対潜艦艇が目を光らせているが、現海面にはいないようだ。

「推進機音、右六〇度。音源多数」

一六時四一分、水測長樺島元男《かばしまもとお》一等兵曹の報告が、発令所に上げられた。

「機関停止。無音」

坂本は、機関長真田恵《さなだめぐむ》大尉に命じた。

呂三三は潜望鏡深度を保ったまま、その場に停止した。

水測室から「右五五度」「右五〇度。音量増大中」と、変化が報告される。

「推進機音、右四五度」の報告を受けたところで、坂本は潜望鏡を上げた。

「あれか」

との呟《つぶや》きを漏《も》らした。

水平線付近に、複数の小さな影が見える。

潜望鏡の上げ下ろしを繰り返す度《たび》、新たな影が増えて行く。

米軍の輸送船団《ゆそうせんだん》に間違いない。トラック環礁の米太平洋艦隊に、補給物資を運んで来たのだろう。

「水雷、魚雷発射準備。発射雷数四」

坂本は潜望鏡を下ろし、水雷長小牧《こまき》章《あきら》大尉に命じた。

「敵の船団ですか？」

「間違いない。まっすぐトラックを目指している」

「現在位置から見て、船団は小田島水道を目指していると推測されます」

航海長諸橋智則《もろはしとものり》大尉が意見を述べた。

小田島水道は幅が約七〇〇メートルと広いが、水道内部に深さ一〇メートル以下の点礁《てんしょう》があるため、大型艦の通行には適していない。

日本海軍も、トラックが陥落《かんらく》する前はこの水道を使用せず、環礁北部の北水道《きたすいどう》を使っていた。

だが米軍は、今年——昭和一七年の年明け早々より、小田島水道の利用を開始している。

友軍の潜水艦が探ったところでは、積み荷を満載し、喫水《きっすい》を大きく沈めた輸送船も、何事もなく通過していたという。

おそらく米軍は、小田島水道が大型艦の通行に適するよう、水道内の点礁を破壊したのだ。

「米軍は補給船の航路変更に合わせて、環礁に出入りする水道も変更したのだろう」

呂三三が所属する第四潜水戦隊の司令部は、そのように睨《にら》んでいる。

昨年一一月より、連合艦隊は陸上攻撃機と潜水艦によって、トラックに向かう米軍の輸送船団を繰り返し攻撃した。

補給線を切断することで、同地の米太平洋艦隊に足止めを食わせると共に、トラックの基地化を妨害《ぼうがい》したのだ。

この戦術は、最初のうちは効果を発揮した。

米太平洋艦隊がトラックで足踏《あしぶ》みしている間に、米アジア艦隊はフィリピンから脱出し、フィリピンの米極東陸軍は日本軍に降伏《こうふく》した。

開戦以来、最大の懸案《けんあん》事項だった南方資源地帯と日本本土を結ぶ南シナ海航路が開かれ、日本は戦略物資の入手が可能となったのだ。

フィリピンの陥落後も、連合艦隊はトラックへの補給線攻撃を継続したが、昭和一七年の年明け頃から、戦果が減少し始めた。

米軍の輸送船団は、南に大きく迂回《うかい》する航路を採《と》るようになったため、陸上攻撃機も潜水艦も、船団の捕捉に失敗することが多くなったのだ。

(いずれトラックを奪い返したら、小田島水道は我が軍が使ってやるさ)

坂本は胸中《きょうちゅう》で、米軍に呼びかけた。

船団の動きに変化はなく、呂三三に護衛艦艇が向かって来る様子もない。

敵は、海面下に潜《ひそ》む敵に気づいていないようだ。

(この型の長所だな)

坂本は声を立てずに笑った。

呂三三は、「海中六型」と呼ばれる中型潜水艦の一艦だ。航洋型である伊《い》号よりも小さく、航続距離も短いが、隠密《おんみつ》性では優れている。

元々《もともと》は、伊号の補助的な役割を務めるために建造された型だが、海軍の戦術思想の変遷《へんせん》に伴《ともな》い、伊号よりも呂号が多数建造されるようになった。

海中六型は、呂三三、三四の二隻が建造されただけだったが、現在はより性能が向上した「中型」が次々と竣工《しゅんこう》し、前線に配備されている。

呂三三が発見されずに済んでいるのは、艦体の小ささ故《ゆえ》であろう。

「推進機音、右四〇度」

「推進機音、右三五度」

樺島は、こまめに報告を送って来る。

「右三〇度」の報告が上げられたところで、坂本は潜望鏡を上げた。

潜望鏡を覗《のぞ》き込むや、ぎらつく反射光が坂本の目を射《い》た。

「しめた」

日本海軍 潜水艦「呂号第三三潜水艦」

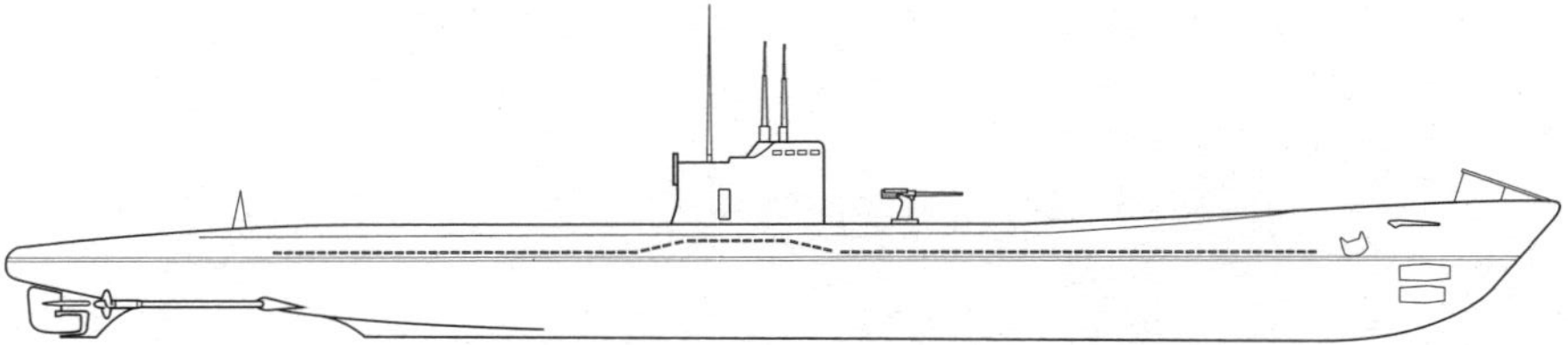

全長	73.0m
最大幅	6.7m
基準排水量	水上 700トン／水中 1,200トン
主機	艦本式ディーゼル／電動機 各2基／2軸
出力	水上 3,000馬力／水中 1,200馬力
速力	水上 18.9ノット／水中 8.2ノット
兵装	8cm 40口径 高角砲 1門
	53cm 魚雷発射管 4門
	13mm 機銃 1丁
乗員数	61名
同型艦	呂号第三四潜水艦

ニューヨーク海軍軍縮条約の結果、航空主兵主義を選択した日本海軍は、潜水艦戦力についても方針を転換した。従来は太平洋をわたって来寇する敵艦隊を邀撃するための大型潜水艦（伊号）を中心とした戦備だったものを、航続力は劣るものの隠密性が高く、生産にかかる日数も少ない中型潜水艦（呂号）を多数建造するよう計画を変更した。

本艦は、戦時急造型として試作される「海中六型」の１番艦で、新たに開発された艦本式二一号ディーゼル機関を採用し、水上速力19ノットを得ている。操縦性、凌波性も良好で、乗員の評価も高い。

同型艦は呂号第三四潜水艦のみだが、さらに改良された「中型」が各地の造船所で建造され、すでに前線への配備が進んでいる。

敵地の偵察や哨戒のほか、通商破壊や補給線の遮断など、あらゆる任務で活躍する優秀な潜水艦である。

坂本は小さく笑った。

太陽が水平線に近づいたため、陽光は船団の斜め横から差し込む形になっているのだ。潜望鏡は陽光に隠れる形になっており、艦上からの視認は難しい。

坂本はすぐには潜望鏡を下ろさず、船団の様子を観察した。

船は、ざっと見ただけでも三〇隻前後。どの船も、喫水を大きく沈めており、動きが鈍《にぶ》い。

輸送船の手前には、駆逐艦とおぼしき小型艦艇が見える。

「距離三〇《サンマル》（三〇〇〇メートル）か」

坂本は、潜望鏡を下ろして呟いた。

「微速前進」

「面舵《おもかじ》二〇度」

「水雷。雷撃目標、右三〇度、三〇《サンマル》の敵輸送船団」

坂本は断《だん》を下した。

必中《ひっちゅう》を期《き》すには、もう少し距離を詰めたいところだが、敵に接近すれば、発見される確率も高くなる。

少し遠いが、現在位置から雷撃を敢行《かんこう》するのだ。

呂三三が、ゆっくりと前進を開始する。

「面舵二〇度！」

諸橋が下令《かれい》し、艦首が右に振られる。

艦が直進に戻ったところで、坂本は「停止」を下令し、潜望鏡を上げた。

船団は右前方に見えるが、間もなく呂三三の射線上に入って来る。

「敵距離二八《フタハチ》（二八〇〇メートル）。雷速四九ノット。開口角二度。駛走《しそう》深度五」

「敵距離二八《フタハチ》。雷速四九ノット。開口角二度。駛走深度五。一分後に発射始めます。まず一番、二番を発射。続いて三番、四番を発射します」

「一分後に発射始め。了解」

小牧の報告を受け、坂本は一旦潜望鏡を下ろした。

艦長付の野沢六郎《のざわろくろう》一等水兵がストップウォッチで

時間を計測し、「一〇秒経過」「二〇秒経過」と報告する。

三〇秒が経過したところで、坂本は潜望鏡を上げ、敵との相対位置を確認した。

艦影の大きさに、変化はほとんど見られない。

船団の速力は六ノット程度であり、一〇秒や二〇秒では、距離はさほど縮まらない。

それでも、敵船が呂三三の射線上に近づいていることは紛《まぎ》れもない事実だ。

「発射用意よし」

艦首の発射管室から報告が届いた。

「発射管注水。前扉開け」

「発射管注水。前扉開きます」

復唱《ふくしょう》の声に、野沢一水の「一分経過」の報告が重なった。

「よし、発射！」

腹の底から力を込め、坂本が下令したとき、潜望鏡の視界の中を、銀色に輝くものがよぎった。

（いかん……！）

坂本が背筋《せすじ》に冷たいものを感じたとき、呂三三は艦体を僅《わず》かに震《ふる》わせた。

四門の発射管から二本ずつ、時間差を置いて、四本の魚雷が放たれたのだ。

「急速潜航！」

「海面に着水音。近い！」

坂本の命令に、樺島の報告が重なった。

注水音が聞こえ始めたとき、艦全体を何かに叩き付けるような衝撃が襲いかかった。

艦腹が引き裂かれ、奔入《ほんにゅう》して来た海水が、坂本以下六一名の乗員を呑《の》み込んだ。

二分余りが経過したとき、炸裂音が伝わって来た。

呂三三が放った魚雷が、輸送船の水線下を食い破った音だ。

命中魚雷は一本だけだったが、輸送船は船倉一杯に積み込んだ航空機の修理用部品の重みによって、急速に海面下へと引き込まれつつある。

轟沈《ごうちん》と言ってもよかったが、呂三三の乗員には、もはや戦果を確認することはかなわなかった。

トラック環礁に空襲警報が鳴り響いたのは、現地時間の一八時四〇分だった。

「来やがったか、ジャップめ！」

駆逐艦「リヴァモア」の二番両用砲で、砲台長を務めるスティーブ・ファーガスン兵曹長は、罵声《ばせい》を放った。

「リヴァモア」は、合衆国の駆逐艦の中では最も新しいリヴァモア級の一番艦だ。

第三駆逐艦戦隊《DF3》に所属する第一四駆逐隊《DDG14》の一艦としてアジア艦隊に所属していたが、同艦隊がフィリピンから撤退《てったい》した後は、補給物資を運ぶ輸送船団の護衛任務に就《つ》いている。

この日——一九四二年二月二七日は、僚艦《りょうかん》と共に輸送船三八隻で編成されたKT89船団を真珠湾《しんじゅわん》からトラックまで護衛した。

トラックの手前で潜水艦の襲撃を受け、輸送船一隻を沈められたものの、他に被害はなく、船団は日没間際《まぎわ》に、環礁南端のS1水道《チャンネル》からトラックに入泊した。

現在は、各船がモエン島（日本名『春島《はるしま》』）、デュブロン島（日本名『夏島《なつしま》』）、エテン島（日本名『竹《たけ》島《しま》』）等、各々《おのおの》の目的地へと向かっている。

「リヴァモア」はDDG14の僚艦三隻、艦船用の重油を運んで来た油槽船二隻と共に、デュブロン島の東側に位置する「デュブロン錨地《びょうち》」に移動していたが、そのさなかに敵機が来襲したのだ。

「リヴァモア」の艦上に、警報《アラーム》の音が鳴り響いた。

「対空戦闘。配置に就け！」

艦内放送のスピーカーから艦長ヴァーノン・ヒューバー中佐の命令が流れ、甲板上にいた乗員は、弾《はじ》かれたように走り出した。

ファーガスンは、射手のダンカン・ラミレス一等兵曹や旋回手のモーリス・オサリバン二等兵曹らと共に、二番両用砲に取り付く。

デュブロン島では、灯火が次々と消されている。飛行場や港湾施設が、灯火管制下に入ったのだ。

「砲術長より各員。敵機の現在位置、モエン島よりの方位一〇度、八〇浬。機種は一式陸攻か九六陸攻《ベティネル》と推定される。トラック到達の予想時刻は一九時一〇分から三〇分の間。予想される侵入高度は一万フィートから一万五〇〇〇フィート」

射撃指揮所の砲術長フィリップ・サイモンセン大尉より、細かい情報が送られた。

モエン島に設置されたレーダー・サイトからの情報であろう。

「サイパンかテニアンのジャップだな」

ファーガスンは、敵の策源地《さくげんち》を推測した。

日本軍は、船団が迂回航路を取り、航空機による捕捉が難しくなったため、入泊後の船団を狙《ねら》って来たのだ。

日没後に来襲したのは、戦闘機による迎撃を避けるために違いない。

「敵編隊、環礁上空に侵入。高度一万二〇〇〇フィート」

「全両用砲、射撃準備。目標、本艦よりの方位五度、高度一万二〇〇〇フィート！」

一九時一〇分、ヒューバー艦長より情報が伝えられ、次いでサイモンセン砲術長からの命令が届いた。

「二番両用砲、射撃準備。本艦よりの方位五度、高度一万二〇〇〇フィート！」

「方位五度に旋回します」

「砲身、最大仰角《ぎょうかく》！」

ファーガスンの命令を受け、オサリバンと俯仰《ふぎょう》手のジェフ・リーランド二等兵曹が応《こた》えた。

艦は方位九〇度、すなわち真東を向いているから、両用砲はほぼ左正横《せいおう》に向けられる形だ。

内径一二・七センチの砲身が、蛇《へび》が鎌首《かまくび》を持ち上げるように大仰角をかけられ、夜空を睨む。

前部に位置する一番砲も、後部に位置する三、四、五番砲も、最大仰角をかけたはずだ。

DDG14の僚艦も、他の艦艇も同様であろう。

四分ほどが経過したとき、遠雷《えんらい》のような砲声が届いた。

数秒の時を経て、モエン島がある方角から炸裂音が伝わった。

島の対空砲陣地が、射撃を開始したのだ。

砲声と炸裂音が連続する。あたかも、太鼓《たいこ》を乱打しているようだ。

「砲術長より各員。敵機は一七〇度に変針した。デュブロン錨地に来る可能性大《だい》！」

サイモンセンが、緊張した声で情報を伝えた。

（地上の発射炎を見て当たりを付けたか？）

そんな想像が、ファーガスンの脳裏《のうり》をかすめた。

トラックの在泊艦船や地上の軍事施設は灯火管制下にあり、上空からの視認は難しい。

だが、対空砲の発射炎を見れば、モエン島やデュブロン島、その周辺に位置する艦隊錨地の位置は、ある程度分かる。

自分の想像通りなら、モエン島の対空砲陣地は、発射炎によって敵機を誘導したことになる。

一旦終息《しゅうそく》した砲声が、再び轟《とどろ》き始めた。

音源は、モエン島の手前だ。

DDG14よりも北に布陣《ふじん》する第一五駆逐隊《DDG15》が、一足先に射撃を開始したのだ。

砲声と共に、爆音も近づいて来る。多数の双発機が、頭上に迫る音だ。

「リヴァモア」の二番両用砲は、微妙に旋回し、砲身の仰角を修正している。射撃指揮所から送られて来る諸元《しょげん》に基づく射角の微調整だ。

ファーガスンは、照準器《しょうじゅんき》を覗き込む。

視界のほとんどを占める無数の星々の中を、複数の黒い影がよぎる。

「全両用砲、射撃開始！」

「オーケイ、撃《ファイア》て！」

サイモンセンの命令を受け、ファーガスンはラミレスに命じた。

一拍《いっぱく》置いて足下に落雷するような砲声が轟き、砲塔全体が震えた。

一二・七センチ両用砲は、艦載砲の中では小口径だが、間近《まぢか》で発射したときの砲声と反動は、決して小さなものではない。砲塔内の要員には、全身を打ちのめされるような衝撃が襲って来る。

「リヴァモア」は四秒置きに、第二射、第三射、第四射と砲撃を繰り返す。

発射の度、強烈な砲声が耳を貫《つらぬ》き、発射の反動が肉体を震わせる。排出された薬莢《やっきょう》が上甲板に落下する鈍い音が、砲塔の脇から伝わる。

砲撃を連続しているのは「リヴァモア」だけではない。僚艦三隻も、先に砲撃を開始したDDG15の四隻も、一隻当たり五門の一二・七センチ両用砲を一万二〇〇〇フィート上空に向けて撃っている。

「敵機撃墜！」の報告はないが、ファーガスン以下の砲員は、砲の一部となったかのように砲撃を繰り返していた。

爆音が左舷《さげん》側から迫り、「リヴァモア」の頭上を通過した。

砲声と炸裂音、敵機の爆音に混ざり、鋭い音が聞こえ始めた。

（来る！）

ファーガスンは直感した。

数秒後、「リヴァモア」の周囲で、一斉に爆発が起こった。

砲塔内から直接目視はできなかったが、飛び散る海水が甲板上に降り注ぎ、爆風が艦を揺さぶることだけははっきり感じ取れた。

敵機が投下した爆弾が、いちどきにデュブロン錨地に落下したのだ。

爆撃の第二波が襲い、再び「リヴァモア」を囲むようにして爆発が起こる。

基準排水量一六七〇トンの鋼鉄製の艦体が、爆風を浴びて揺れ動く。

敵弾の炸裂に翻弄《ほんろう》されているのは、「リヴァモア」だけではないと思われるが、他艦を思いやっている余裕はない。

ファーガスン以下の砲員は、動揺する艦上で射撃を続けるだけだ。

爆音が右舷《うげん》側へと抜けた直後、

「射撃中止！」

の命令が届いた。

四秒置きに轟いていた砲声と発射に伴う衝撃が収まった。

爆音は遠ざかりつつある。

デュブロン錨地への夜間爆撃が終わったのだ。

「砲術長より各員。どうやら切り抜けたぞ」

サイモンセンが伝えて来た。

声に、喘《あえ》ぐような響きがある。夜間に対空戦闘の指揮を執《と》るのは、かなりの難事《なんじ》だったようだ。

「二番砲台長より砲術長。被害はありませんか？」

「『グレイソン』と『モンセン』が一発ずつ喰らった。現在、消火作業中だ」

ファーガスンの問いに、サイモンセンは返答した。

「リヴァモア」の姉妹艦だ。ＤＤＧ15に属している。

「油槽船は無事でしたか？」

「無事だ。至近弾二発を喰らったが、損傷はない」

サイモンセンの答を聞いて、ファーガスンは満足感を覚えた。

「リヴァモア」を含むＤＤＧ14はＤＤＧ15と共に、護衛の任務を果たしたのだ。

サイモンセンが、改まった口調《くちょう》で言った。

「司令からの指示だ。今しばらく、警戒を続ける。空襲の第二波、第三波が来ないとも限らないからな」

2

指揮所の脇に立つ飛行長が、大きく旗《はた》を振った。

滑走路上に、フル・スロットルのエンジン音が響いた。

鼻先《はなさき》が短い双発機が、両翼のプロペラを高速で回転させ、後方に土埃《つちぼこり》を巻き上げながら、滑走を開始する。

一番機が上昇を開始したときには、二番機以降が続いている。

全機が発進を終えるまで、五分とかからなかった。

一機当たり二基を装備する三菱「火星《かせい》」一一型エンジンが豪快な音を上げ、機体をぐいぐいと高みに引っ張り上げる。

一式陸上攻撃機と同じエンジンだが、上昇力はこちらの方が高い。

一式陸攻や九六陸攻と同じく、敵の艦船に対する雷爆撃を主目的に設計された機体だが、もう一つ、敵の重爆撃機に対する邀撃《ようげき》という重要な任務がある。

一式戦闘攻撃機「天弓《てんきゅう》」。英国のブリストル社が設計した「ボーファイター」の日本版が、パラオ諸島バベルダオブ島のアイライ飛行場を後にして、蒼《そう》空《くう》へと舞い上がっていた。

日米開戦時にはまだ機数が少なかったため、台湾《たいわん》にしか配備されていなかったが、開戦から四ヶ月以上が経過した現在は、パラオ諸島、マリアナ諸島に重点的に配備されている。

アイライ飛行場から出撃したのは、第二六航空戦隊隷《れい》下《か》の第一〇航空隊に所属する天弓二一機だった。

「指揮所より全機へ。敵機の現在位置、アイライよりの方位九〇度、六〇浬。機種は不明なれどB17の可能性大。侵入高度は四〇《ヨンマル》（四〇〇〇メートル）から五〇《ゴマル》と推定。一〇空は高度六〇《ロクマル》にて待機せよ」

無線電話機のレシーバーに、飛行長谷本弥一《たにもとやいち》中佐の声が響いた。

「矢口《やぐち》一番より全機へ。待機高度六〇《ロクマル》」

飛行隊長矢口典夫《のりお》少佐の指示が、続けて送られる。

若干《じゃっかん》の雑音は入るものの、感度は良好だ。何よりも、信号灯やトンツー式の無線機による指示に比べ、遥《はる》かに分かり易い。

「桃の節句《せっく》を狙うとは、無粋《ぶすい》な奴らだ」

第二小隊長を務める長瀬充《ながせみつる》特務少尉は、僅かに唇《くちびる》を歪《ゆが》めた。

明後日《あさって》は三月三日。雛祭《ひなまつ》りの日だ。桃の節句を爆煙で汚す奴らには、たっぷり報《むく》いをくれてやる。

天弓隊は一〇分余りをかけて、高度六〇〇〇まで上昇した。

富士山《ふじさん》の頂上の高さを、二〇〇〇メートル以上も上回る高度だ。熱帯圏であっても、気温は低い。

長瀬は旋回待機しつつ、周囲を見回した。

飛行長に敵機の位置を知らされてから、一〇分以上が経過している。

敵機が見え始めてもいい頃だが、視界に入るものは、どこまでも続く蒼空と、ところどころにうかぶちぎれ雲だけだ。

五分ばかりが経過したとき、

「飛行長より全機へ。敵は降下に移った。現在、高度三五《サンゴ》（三五〇〇メートル）！」

「矢口一番より全機へ。三五まで降下する！」

谷本飛行長の泡《あわ》を食ったような声に続いて、矢口隊長の叩き付けるような命令が飛び込んだ。

「長瀬一番より二番、三番、続け！」

長瀬も、無線電話機のマイクに怒鳴《どな》り込むようにして命じた。

裏を掻《か》かれたことを、長瀬は悟《さと》っている。

天弓隊は台湾での戦例から、高度六〇〇〇で待機したが、敵は目的地の手前で高度を下げたのだ。

第一小隊の天弓三機が降下に入る。

長瀬も、舵輪《だりん》を右に回すと共に、右フットバーを軽く踏み込む。

第一小隊を追いかける格好《かっこう》で、機体が右に大きく傾き、降下に移る。

「二、三番機どうか⁉」

「我に続行中！」

「了解！」

偵察員席の増山三郎《ますやまさぶろう》一等飛行兵曹と、伝声管《でんせいかん》を通じてやり取りする。

操縦員席と偵察員席が離れているため、大声を出さないと伝わり難《にく》い。やり取りは、怒鳴り合いのようになる。

その間にも、長瀬機は急速に高度を下げている。

高度が四〇〇〇メートルを切ったところで、真っ青な海面の上に、ごま粒のようなものが見え始めた。降下するにつれ、一つ一つが長い翼を持つ四発機の姿を整える。

ボーイングB17〝フライング・フォートレス〟。「空の要塞《ようさい》」の異名《いみょう》を持つ、米軍の四発重爆撃機だ。

台湾では、フィリピンに展開していたB17が高雄《たかお》、台南《たいなん》両飛行場を襲い、かなりの被害を与えたという。

その機体が、一隊二〇機前後と見積もられる梯団《ていだん》二隊を組み、パラオ諸島の主島であるバベルダオブ島に向かっている。

アイライ飛行場を狙っていることは、間違いないと思われた。

第一小隊は、敵の第一梯団に接近する。

長瀬も二、三番機を誘導しつつ、第一小隊に倣《なら》う。

B17の機影が拡大する。

全般に、ごつごつした印象だ。スマートさに欠ける反面、見るからに頑丈《がんじょう》そうな武骨《ぶこつ》さがある。「空の要塞」の異名通り、陸軍のトーチカに翼を付けて、空を飛ばしているかのようだ。

第一小隊が敵機に取り付いた。

編隊の最後尾に位置する機体を目がけ、矢口機の機首から、真っ赤な火箭《かせん》がほとばしった。

矢口機の射弾は、狙い過《あやま》たずB17の胴体上面に突き刺さった。二〇ミリ弾が外鈑《がいはん》を引きちぎったのか、黒い塵《ちり》のような破片が飛び散った。

B17の機銃座からも、青白い火箭が噴き延びる。

矢口機が被弾したように見えるが、火を噴くことはない。一連射を浴びせた後は、速力を緩《ゆる》めることなく離脱する。

一小隊の二、三番機が、続けて一連射を浴びせる。

二機が離脱したときには、B17は左主翼から炎と黒煙を引きずり、編隊から落伍《らくご》しかかっている。

長瀬は、編隊の左端に位置するB17を狙った。

天弓に気づいたのだろう、B17の尾部と胴体上面に発射炎が閃《ひらめ》く。長瀬が狙いを付けた一機だけではない。その周囲に位置する機体も、旋回機銃の火箭を放つ。

複数のB17から放たれた無数の曳痕《えいこん》が、吹雪《ふぶき》さながらの勢いで殺到して来る。ともすれば、全ての弾が自機に向かって来るように感じられる。

何発かが命中したのか、不気味《ぶきみ》な打撃音が響いた。

機体に異常はない。計器が示す数値も正常だ。おそらく、七・七ミリクラスの小口径機銃であろう。

長瀬機は敵弾を蹴《け》散《ち》らす勢いで、B17に突進した。

敵機が目の前に迫って来る。主翼や胴体だけではなく、半球形の旋回機銃座まではっきり見える。

一見《いっけん》、巨大な瘤《こぶ》のようだが、その瘤からは、銃身が不気味に突き出している。

長瀬は、舵輪に付いている発射ボタンを軽く押した。機首の下面から、真っ赤な曳痕がほとばしった。

二〇ミリ機銃四丁をひとまとめにしているためだろう、火箭というより棍棒《こんぼう》のようだ。

その棍棒が、B17の胴体上面を殴《なぐ》りつける。火箭を吐き出していた旋回機銃座が、瞬時に沈黙する。

長瀬は、舵輪を左に回した。

天弓は、B17の左方を通過した。

胴体側面の機銃座からも射弾が放たれるが、被弾はない。英国で設計された戦闘攻撃機の機体は、敵弾をかいくぐり、離脱している。

「長瀬三番より一番。敵一機撃墜！」

無線電話機のレシーバーに、弾《はず》んだ声で報告が入った。小隊三番機の機長を務める坂東始《ばんどうはじめ》一等飛行兵曹の声だった。

第二小隊は、敵編隊の下方に占位《せんい》する。

頭上を見上げると、複数のB17が黒煙を引き、あるいは片方の主翼を燃え上がらせながら、墜落してゆく様が見える。

機首に装備された四丁の二〇ミリ機銃は、「空の要塞」の分厚《ぶあつ》い外鈑を突き破り、撃墜したのだ。

日本側も無傷とはいかない。

エンジンから黒煙を引きずり、高度を下げている天弓や、コクピットに直撃を受けたのか、まっ逆《さか》さまに墜落して行く天弓もある。

（さすがは『空の要塞』だ。防御火器も強力だ）

舌を巻きながら、長瀬は敵編隊を追った。

複数の僚機《りょうき》を失いながらも、B17は突撃を止めない。まっすぐ、アイライ飛行場を目指している。

長瀬は、正面上方のB17二機に狙いを定めた。

「長瀬二番、三番、右の敵機をやれ！」

部下に命じるや、長瀬は機体の軸線を左にずらした。機首を上向け、エンジン・スロットルを開いて、B17の後ろ下方から突進した。

敵機の尾部と胴体下面に発射炎が閃き、青白い曳痕が殺到する。

敵弾が掠《かす》ったのか、コクピットの右脇から、ハンマーで叩かれるような音が届く。

長瀬は構わず距離を詰めた。照準器の白い環《わ》を、B17の左主翼に合わせ、発射ボタンを押した。

二〇ミリ弾の火箭が左主翼の二番エンジンに突き刺さり、炎が噴出した。

長瀬は第二射を放つ。今度は一番エンジンに命中し、二番エンジン同様、火焔《かえん》が躍《おど》る。

B17が左に大きく傾き、急速に高度を下げ始める。火災は二基のエンジンに留まらず、左主翼全体を包み込み、胴体にまで及んでいる。

これ以上の銃撃が不要であることは明らかだった。

「長瀬二番より一番。敵一機撃墜！」

二番機の機長寺田《てらだ》修《おさむ》飛行兵曹長の報告が、レシーバーに飛び込み、長瀬は「了解！」と返答する。

第二小隊の戦果は、合計三機だ。

長瀬の小隊は、自隊と同じ数だけ敵機を墜《お》としたことになる。

長瀬は、飛行場がある方角に視線を向けた。

空中の戦場は、海上からバベルダオブ島の上空に移っている。アイライ飛行場までは、指呼《しこ》の間《かん》と言っていい。

飛行場がある方角から、黒煙が立ち上《のぼ》った。

一条だけではない。二条、三条と増えていく。

「畜生《ちくしょう》！」

長瀬は、罵声を放った。

二一機の天弓は、何機ものB17を墜としたが、敵機の完全阻止《そし》はできなかった。

飛行場上空への侵入と投弾を許してしまったのだ。

B17群は投弾後、高度を上げている。

天弓が上がれない高高度まで上昇し、避退《ひたい》するつもりであろう。

「矢口一番より全機へ。残弾のある機体は、攻撃を続行せよ！」

矢口隊長の声が、レシーバーに響いた。

長瀬は、残弾計を確認した。各機銃共、一八発を残している。

あと一機は、撃墜できる計算だ。

「長瀬二番、三番、残弾どうか？」

「長瀬二番、残弾一五発」

「長瀬三番、残弾八発」

二人の部下は、長瀬の問いに即答した。

「よし、俺に続け！」

長瀬は力のこもった声で下令した。

機首を上向けると共に、エンジン・スロットルを開いた。

二基の「火星」一一型が猛々《たけだけ》しく咆哮《ほうこう》し、天弓が加速された。

B17群の機影が、再び近づいて来た。

3

同じ頃、B17はサイパン島上空にも出現していた。

「高高度からの侵入か！」

　迎撃に上がった零戦六機の一番機に搭乗する木暮《こぐれ》道彦《みちひこ》中尉は、頭上を見上げて舌打ちした。

　三〇〇〇メートルまで上昇したが、B17は遥かな高みを飛んでいる。

　機数は四機だ。菱形《ひしがた》の隊形を組んでいる。

　推定される高度は、七〇〇〇メートルから八〇〇〇メートル。零戦の中島「栄《さかえ》」一二型エンジンでは、息をつくほどの高高度だ。

「とにかく上がるぞ！」

　木暮は、後続機の搭乗員に上空を指して見せた。操縦桿《そうじゅうかん》を手前に引き、上昇を再開した。

　高度計の針が、三五〇〇、四〇〇〇、四五〇〇と回ってゆく。

　数字が大きくなるに従い、サイパン島周辺の海面が遠くなり、気温が低下する。

　高度六〇〇〇までは、エンジンは快調に回っており、機体も順調に上昇を続けた。

　このまま行けば、B17を捕捉し、両翼から二〇ミリ弾を叩き込んでやれると思われた。

　だが、六〇〇〇を過ぎたあたりから、エンジンが息をつき、上昇力が目に見えて鈍り始めた。

　六〇〇〇メートルまでの上昇時間は、約七分半だったが、更に一〇〇〇メートルを上がるのに、同じぐらいの時間がかかる。

　自転車で急坂《きゅうはん》を上ろうとしているようだ。両足に渾身《こんしん》の力を込め、ペダルを漕《こ》いでも、自転車は思うように坂を上っていかない。僅かでも力を緩めれば、坂から転がり落ちてしまいそうだ。

　後方から付き従う零戦の数は、三機に減っている。二機は高度を維持できず、落伍したのかもしれない。

「くそったれ！」

　木暮は歯ぎしりをしつつ、前上方を見上げた。

　B17とは、まだ一〇〇〇メートルほどの高度差がある。

　B17にとっても、高高度の飛行は決して楽ではないはずだが、零戦のコクピットからは、敵機が悠然《ゆうぜん》と飛行しているように見える。

四機の零戦は、なおも上昇を続けた。

「栄」一二型エンジンは、喘ぎながらも回り続け、零戦の機体を七〇〇〇メートルから七五〇〇メートルへ、更に八〇〇〇メートルへと引っ張り上げた。

気温は低下し、コクピット内の寒さは耐え難《がた》いまでになっている。

富士山どころか、世界の最高峰であるエベレストに迫る高度だ。生身の肉体には、極寒地獄《じごく》に近い。

寒いだけではなく、思考もぼやけそうになる。

高高度の薄い大気の中にあっては、正常な思考を維持することも困難だ。

木暮はB17を見、次いで海面に目をやった。

この高度から見下ろすサイパン島とテニアン島は、小石のように小さい。

四機のB17は、その上空を、南から北へと通過してゆく。

「偵察だな」

木暮は、敵機の任務を推測した。

B17は八〇〇〇メートル上空から、サイパン、テニアン両島の写真を撮影したのだ。

サイパンの北に抜けたところで、B17四機は機体を僅かに傾けた。大きな円を描いて旋回し、針路を南南東へと向けた。

これまでとは正反対の針路だ。

撮影を終え、帰還に移ったのだろう。

「そうはさせるか！」

木暮は、吐き捨てるように叫んだ。

B17の反転に伴い、零戦四機は敵機に真っ向から挑む格好になっている。

エンジンは息をつき、高度を維持するのも困難だが、機銃の一連射を叩き込むぐらいは可能なはずだ。

B17が正面から向かって来る。

零戦を回避しようとする動きは見られない。

この高度では、零戦も浮いているのがやっとだと分かっているのかもしれない。

「せめて一太刀《ひとたち》」

そう呟きながら、木暮は機会を待った。

B17が、距離を詰めて来た。

機銃座の動きまでは分からないが、零戦に狙いを定めているであろうことは容易に想像できる。

機会は一度だけだ。その一度をものにできるかどうかで、勝負が決まる。

木暮はB17の動きを睨みつつ、時機《じき》を待った。

B17の機影が、大きく膨《ふく》れ上がる。コクピット内に、二人が並んでいることまでがはっきり分かる。

（今だ！）

木暮は、発射把柄《はへい》を握った。

零戦の両翼に真っ赤な発射炎が閃き、二条の太い火箭が噴き延びた。

ほとんど同時に、B17の機首と胴体上面からも、青白い火箭がほとばしり、二〇ミリ弾の火箭と交錯《こうさく》した。


木暮は射弾を放つと同時に、操縦桿を大きく傾ける。浮いているのがやっとだった機体が、降下を開始する。

木暮は被弾の衝撃を感じた。

右主翼の付け根付近から、白い霧状のものが噴き出し、次いで真っ赤な炎に変わった。

（戦果は……？）

炎が燃え広がる中、木暮は上空を振り仰《あお》いだ。

B17の一番機が、右主翼から黒煙を引きずっている。木暮か、後続機かは不明だが、邀撃に上がった零戦は、B17に一撃を浴びせたのだ。

（撃墜だ。撃墜に違いない）

そう確信したとき、鈍い音と共に零戦が空中で四散し、木暮の肉体は空中に放り出されていた。

意識が消失する寸前、炎に包まれたB17の姿が見えたような気がするが、それが現実なのかを確認することはできなかった。

4

「パラオ、サイパンから、以下のような報告が届いております。パラオでは、アイライ飛行場が敵重爆約四〇機による空襲を受けましたが、損害は軽微《けいび》。迎撃戦による戦果はＢ17の撃墜一〇機、天弓の未帰還三機です。サイパンでは、飛来したＢ17四機を二三航戦の零戦六機が迎撃しましたが、戦果はなし。損害は零戦一機未帰還です」

　連合艦隊司令部の定例会議の席上、作戦参謀三和《みわ》義勇《よしたけ》中佐が最初に発言した。

　一月に実施された連合艦隊の再編成で、新たに旗《き》艦《かん》となった練習巡洋艦《じゅんようかん》「香椎《かしい》」の長官公室だ。

　開戦前は、第一戦隊の戦艦《せんかん》「長門《ながと》」「陸奥《むつ》」「赤《あか》城《ぎ》」が輪番《りんばん》で連合艦隊旗艦を務めていたが、連合艦隊司令長官山本五十六《やまもといそろく》大将は、

「連合艦隊《ＧＦ》司令部のためだけに、戦闘力の高い艦を後置《こうち》しておくのは意味がない。一隻でも多くの艦を、前線に出すべきだ」

　と主張し、第一戦隊を連合艦隊司令部の直属戦隊から外した。

　代わって旗艦となった「香椎」は、少尉候補生の教育訓練を主目的に建造された艦だ。第一戦隊の戦艦に比べると遥かに小さく、兵装も少ない。

　だが艦の性格上、通信設備は「長門」や「赤城」に引けを取らないほど充実している。

　その通信能力の高さは、昨年一一月のパラオ沖海戦で、姉妹艦の「鹿島《かしま》」が実証している。

「『香椎』では、ＧＦ旗艦としての威厳《いげん》に欠けるのではないか？」

　軍令部や海軍省にはそんな意見もあったが、山本は、

「ＧＦの旗艦として最も重要なのは、通信能力だ。通信能力が充実しているなら、駆逐艦を旗艦にしても構わん。威厳よりも、実用性を選ぶべきだ」

日本海軍 練習巡洋艦「香椎」

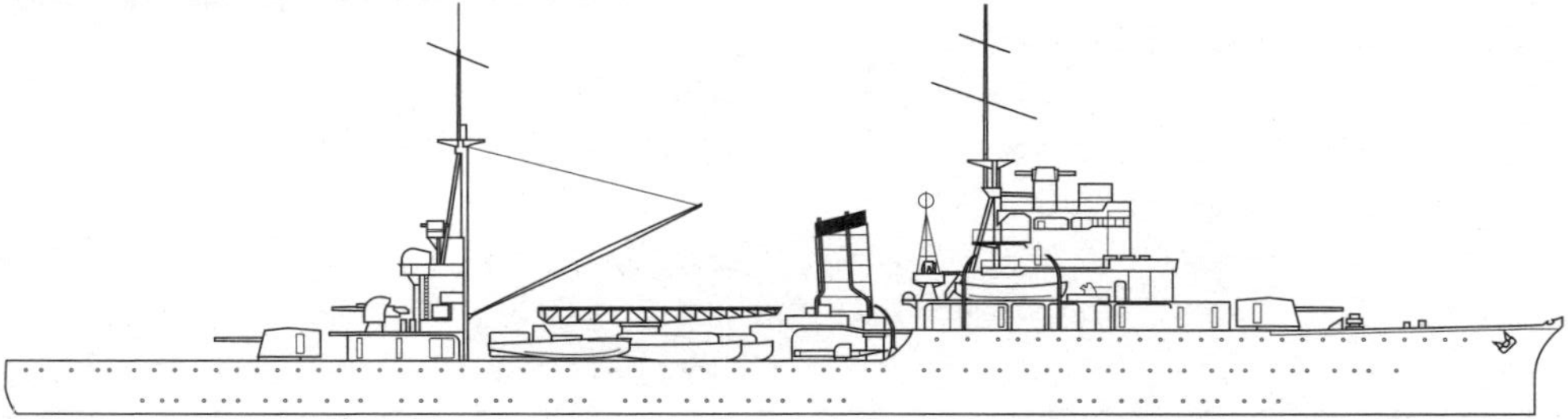

全長	133.5m
最大幅	16.7m
基準排水量	5,800トン
主機	艦本式タービン／ディーゼル 各2基／2軸
出力	8,000馬力
速力	18.0ノット
兵装	14cm 50口径 連装砲 2基 4門 12.7cm 連装高角砲 1基 2門 25mm 連装機銃 2基 53cm 連装魚雷発射管 2基
乗員数	505名
同型艦	香取、鹿島

日本海軍が海軍士官候補生の練習航海に供するため建造した練習巡洋艦、香取型の３番艦。航海に不慣れな候補生が乗艦するため、安定性を重視した艦型となっている。また、艦体構造はほぼ商船と同様で、装甲も施されておらず、前線での活動は想定されていない。

練習航海の際、外国の賓客が訪れることも想定されることから、艦内の内装は上質なものが選ばれており、ことに司令官室は豪華客船並みのしつらえとなっている。

連合艦隊旗艦は第一戦隊の戦艦が務めるのが通例であったが、貴重な戦力を司令部のためだけに用いるのは合理的ではないと判断され、昭和17年１月から本艦が連合艦隊旗艦となっている。

と主張し、「香椎」の檣頭《しょうとう》に、連合艦隊司令長官の大将旗を掲《かか》げさせたのだ。

その「香椎」の長官公室には、山本以下の連合艦隊司令部幕僚《ばくりょう》が参集している。

遠洋航海時に、諸外国の元首《げんしゅ》や王族、貴族、海軍の高官といった人々の乗艦を想定しているため、室内の調度《ちょうど》は、開戦時の旗艦「赤城」のそれより豪華だった。

「パラオには空襲、マリアナには偵察のみか」

机上《きじょう》に広げられている中部太平洋の要域図を見つめながら、山本が呟いた。

「米軍の動きを見た限りでは、パラオの攻略とフィリピンの奪回《だっかい》を目指しているようだが」

「現時点では、まだ敵の狙いを絞り込むことはできません。西進すると見せかけて、北進を選ぶ可能性も考えられます」

参謀長の大西滝治郎《おおにしたきじろう》少将が言った。

連合艦隊の参謀長に任ぜられる以前から、強気《つよき》の発言が目立つ大西だったが、この日の会議では、慎重な姿勢を見せていた。

大西に続けて、戦務参謀の渡辺安次《わたなべやすじ》中佐が発言した。

「二正面同時侵攻という可能性はないでしょうか？　米太平洋艦隊はアジア艦隊と合流したことで、戦力が大幅に拡大しています。特に主力の戦艦、巡戦は、二〇隻以上に膨れ上がったと考えられます。二正面同時侵攻を実施できるだけの戦力を有していると考えますが」

「その可能性は乏《とぼ》しいと考えます。米太平洋艦隊は、確かに多数の戦艦、巡戦を擁《よう》していますが、現時点で使用可能な空母は五隻だけです。ただでさえ少ない空母を二分したのでは、戦艦部隊の援護《えんご》が不充分なものとなります」

航空参謀の榊久平《さかききゅうへい》中佐が、反対意見を唱《とな》えた。

「航空攻撃のみで戦艦を撃沈した実績はまだないが、無力化した戦例はある。米軍はそのことを、一連の戦闘で悟ったはずだ。今の状況下で二正面同時攻撃を試みるほど、彼らは無謀《むぼう》ではあるまい」

首席参謀の黒島亀人《くろしまかめと》大佐が言った。

砲術を専攻し、軍令の本流を歩んで来たためか、航空の専門家である榊とは、意見が対立することが多い黒島だったが、このときは榊に賛同していた。

「フィリピン陥落後の米軍の動きには、慎重さが感じられる。二正面同時侵攻のような賭《かけ》はするまい」

山本が、重々《おもおも》しい声で言った。

昨年一一月二六日にフィリピンが陥落して以来、米軍は一転して守勢に回った。

それまでは、トラック環礁に太平洋艦隊の主力を前進させ、フィリピンまで一気に進撃する動きを見せていたが、フィリピンの米極東陸軍が降伏し、日本がフィリピン全土の制圧を宣言してからは、積極的に仕掛けて来ることはなくなったのだ。

代わって米軍が推進したのが、トラック環礁の要塞化だ。

多数の輸送船がトラックに入泊し、春島、夏島、竹島といった島々では、飛行場や港湾施設の拡張工事が始まった。

連合艦隊は、トラックの要塞化を阻止すべく、敵の補給線を攻撃すると共に、マリアナ、パラオからトラックへの長距離爆撃を実施した。

だが、米輸送船団の航路変更や、トラックへの戦闘機隊進出により、補給線への攻撃も、トラックへの長距離爆撃も実効が上がらなくなった。

三月一日、あたかもそれまでのお返しをするかのように、パラオとマリアナにB17が飛来したのだ。

米軍がトラックを基点に、新たな攻勢を図《はか》っていることは間違いない。

これまでの流れを見れば、米国領であるフィリピンの奪回を目論《もくろ》む可能性が高いが、マリアナ諸島、小笠原《おがさわら》諸島を経て、日本本土に直進して来る可能性も考えられる。

連合艦隊としては、米軍の進撃路を特定し、迎撃準備を整えねばならない。

山本は、言葉を続けた。

「開戦前に聞いた話によれば、キンメル（ハズバンド・E・キンメル大将。米太平洋艦隊司令長官）は頑《がん》固《こ》な大艦巨砲主義者であり、戦艦の力を信じることでは人後《じんご》に落ちないということだ。ただし、戦訓を無視する指揮官ではない。航空機の実力を認識した以上、今後は空母と航空機を重視する姿勢を打ち出して来る。それを考えれば、二正面作戦を採る可能性は小さい」

「政治面についてはどうでしょうか？」

「キンメルは純粋な軍人で、政治には関心が薄いとのことです。米国政府が定めた方針に、忠実に従うと考えられます」

大西の問いに、政務参謀の藤井茂《ふじいしげる》中佐が答えた。

「となると、フィリピンに来る可能性が高いな」

大西は、広域図を睨んだ。

米国政府は国威《こくい》に懸《か》けても、自国領であるフィリピンの奪回を目指すはずだ、と考えたようだ。

「そうとは限るまい。米国は、フィリピンは戦争に勝ってから取り戻せばよい、と考えるかもしれぬ」

山本は微笑《びしょう》した。

仮に日本がフィリピンを占領《せんりょう》下に置いた状態で和平交渉に入った場合、米国は必ずフィリピンの返還を要求して来る。

米政府は、無理に武力でフィリピンを奪還《だっかん》するより、外交交渉で取り戻した方が得策《とくさく》だと考えるのではないか――と、山本は述べた。

「我が軍は、米軍がパラオとマリアナ、どちらに来《らい》寇《こう》しても邀撃できるよう、準備を進めておかねばならない、ということですか」

難しい表情を浮かべた大西に、山本は言った。

「新型空母の就役《しゅうえき》と搭乗員多数の育成、GFの再編成により、我が軍の航空戦力、特に母艦航空隊の戦力は開戦前より充実している。機動部隊と基地航空隊を合わせれば、米軍がパラオとマリアナのどちらに来ようとも撃退は可能だろう」

山本は、榊と三和にちらと視線を向けた。

昨年一一月、榊と三和は山本の命令を受けて、新たな機動部隊の編成案を作成している。

二人の案に基づいて、今年一月に機動部隊の再編成が実施され、新たに第四艦隊が正規空母四隻、小型空母二隻を擁する機動部隊として編成された。

同時に、中部太平洋の防衛態勢も変わった。

開戦時の「第四艦隊」は、マーシャル、トラック、マリアナ、パラオを含む広大な海域の警備を担当する部隊の名称だったが、新「第四艦隊」の誕生に伴い、二つの艦隊が編成された。

マリアナ、小笠原両諸島の防衛を担当する「第八艦隊」と、パラオ諸島、フィリピンの防衛を担当する「第九艦隊」だ。

両艦隊とも、所属艦艇は軽巡、駆逐艦、潜水艦と駆潜艇《くせんてい》、掃海艇《そうかいてい》、哨戒艇《しょうかいてい》等の小型艦艇が中心だが、強力な基地航空部隊を指揮下に収めている。

第八艦隊には台湾から異動した第二一、二三航空戦隊が、第九艦隊には旧第四艦隊の指揮下にあった第二四、二六航空戦隊が、それぞれ委《ゆだ》ねられているのだ。

他に予備兵力として、第一一航空艦隊隷下の第二二、二五航空戦隊が内地にあり、必要に応じて、マリアナ、パラオに投入されることとなっている。

米軍がマリアナ、パラオに来寇した場合には、基地航空隊が戦線を支え、その間に内地から第三、第四艦隊が駆けつけるのだ。

状況次第《しだい》では、戦艦部隊である第一艦隊、重巡を中心とする第二艦隊も参陣《さんじん》する。

開戦と同時に、マーシャル諸島とトラック環礁を米軍に奪われ、戦争の主導権を握られた感がある日本軍だったが、フィリピン攻略の成功を境に、態勢を立て直したのだ。

山本は、幕僚たちを見渡した。

「今一つ気がかりなのは、米軍の来寇時期だ。三月一日のパラオ空襲とマリアナへの航空偵察が、米軍来寇の予兆《よちょう》なのか。あるいは、もう少し慎重に準備を進めてから侵攻して来るのか」

「トラックにおける重爆部隊の集結が、敵の侵攻時期を特定する鍵《かぎ》になると考えます。米軍は新たな攻勢に際し、B17による我が軍航空基地の無力化を図《はか》る可能性が高いためです」

榊の発言を受け、大西が聞いた。

「そのように考える根拠は？」

「米軍には、基地航空隊と機動部隊の両方を相手取れるだけの空母がありません。彼らはそのことを、パラオ沖海戦で思い知ったはずです。米軍は次の戦いで、我が軍の基地航空隊にはB17を、機動部隊には空母を、それぞれぶつけて来るでしょう。先のパラオ攻撃やマリアナへの航空偵察は、大規模攻撃の前に、我が方の防衛態勢を探ろうとしていたと考えられます」

「航空参謀の推測通りなら、パラオ、マリアナに対しては、向こうしばらくの間、威力偵察が繰り返されると推測されます。並行して、米本国からトラックに、多数のB17が送り込まれるでしょう」

大西は、改まった口調で山本に言った。

山本は、数秒間思案《しあん》を巡《めぐ》らしてから応えた。

「米国は、慎重に地ならしをした上で前進して来る国だ。今は、次なる攻勢に向けての準備期間中だが、準備が整えば一挙に押し出して来るだろう」

「では……？」

「第八艦隊、第九艦隊にトラックの敵情、特にB17の配備数を探るよう命じてくれ。開戦時のように、後手《ごて》には回りたくない」

「分かりました。第八、第九艦隊に、トラックの敵情を探るよう伝えます」

大西が、山本の命令を復唱した。

「敵の来寇を待つ間に、グアムを陥《お》としてはいかがでしょうか？」

黒島が起立し、地図上のグアム島を指した。

グアム島は、サイパン島から八〇浬という近距離にあるが、日本軍はまだ攻略作戦を実施していない。

開戦直後は、フィリピン、パラオにおける戦闘を優先せざるを得ず、グアムを攻略する余裕がなかったのだ。

「軍令部にも同様の意見がありますが、グアムの攻略には陸軍の協力が不可欠です」

藤井が言った。

グアム周辺の制空権、制海権は日本軍が握っているが、米軍は同地に地上部隊一個師団を配備し、多数の防御陣地を築いている。

島の面積も広く、海軍陸戦隊だけでは、攻略は難しい。

グアムを占領するには、陸軍三個師団程度の兵力が必要であり、その調整に手間取《てまど》っております、と藤井は説明した。

「グアムへの補給線を断ち、敵の立ち枯れを待つ策も考えられますが」

黒島の意見に、三和が応えた。

「それは既に、サイパンの第八艦隊が実施しております。ただ、同地の敵軍に屈服《くっぷく》する様子がないところから、グアムには開戦前から相当量の物資が備蓄されていたと推測されます」

「グアムの米軍は、フィリピンの米極東陸軍同様、トラックの友軍が救援に来てくれると信じているのかもしれぬ。現にトラックの米軍は、サイパンをうかがう動きを見せている」

大西の言葉を受け、山本が言った。

「グアムは敢《あ》えて放置し、米太平洋艦隊との決戦だけに集中するのも、一つの手だ。米艦隊を撃滅すれば、グアムの米軍は戦意を喪失《そうしつ》し、降伏する可能性もある。そうなれば、グアムは無血《むけつ》で占領できる」

「長官は、グアムを短兵急《たんぺいきゅう》に陥とす必要はない、とお考えですか？」

黒島の問いに、山本は頷《うなず》いた。

「サイパン、テニアンの近くに存在する敵の拠点は、不気味に感じられるかもしれないが、島の外に出て来られなければ脅威にはならない。当面は静観してもよいだろう」

第二章　盟邦の思惑

1

グアム島の南端にあるココス礁湖《しょうこ》に、爆音が届き始めた。

アメリカ合衆国海軍や海兵隊の将兵には、聞き慣れた音だ。

アメリカ海軍の基地がある場所なら、必ず配備されている双発の中型飛行艇コンソリデーテッドPBY〝カタリナ〟の爆音だった。

爆音が次第に近づいて来る。

着水に備え、スロットルが絞り込まれているのだろう、音は低めだった。

礁湖の北側にあるメリッツォの海岸から夜空に向けて、探照灯《サーチライト》の光芒《こうぼう》が伸びた。

点灯は一瞬であり、すぐに消されたが、二度、三度と繰り返された。

礁湖に、連続して飛沫《しぶき》が上がり、一二機のカタリナが着水した。

メリッツォの海岸から、発光信号が送られた。カタリナは、ゆっくりと湖岸に接近した。

機体の姿を認めた海兵隊の士官、下士官、兵が歓声を上げ、空からの来訪者を迎える。

合衆国軍の中でも、訓練の厳しさと荒々しい気風《きふう》で知られる海兵隊の将兵が、おもちゃや菓子を目の前にした子供のような声を上げ、一二機のカタリナを迎えていた。

カタリナの一番機から桟橋《さんばし》にロープが投げられた。

複数の海兵隊員が取り付き、カタリナを引き寄せた。

機体を横付けしたところで、中肉中背《ちゅうにくちゅうぜい》の士官がコクピットから降り立ち、敬礼した。

「輸送部隊の指揮官を務めるニール・ピット少佐だ。医薬品と嗜好品《しこう》、本国からの手紙を運んで来た」

「主計科のジェリー・ローラー大尉です。謹《つつし》んで、受領いたします」

ローラーは答礼を返しながら、丁寧《ていねい》な口調で返答した。

後方で待機する部下に、「作業開始」と下令する。

下士官、兵が、桟橋に一列に並ぶ。

先頭の兵が、カタリナの後部キャビンに積まれていた梱包《こんぽう》を受け取り、後方の兵に渡す。

兵にリレーされた梱包は、湖岸で待機していたトラックの荷台に積まれてゆく。

二番機以降の機体も、一番機と同じ要領で荷下《にお》ろしが始まる。

作業が進むにつれて、カタリナの喫水線が上がってゆく。

荷下ろしの間、ローラーはピットから受け取った積み荷のリストをチェックしている。

医薬品のリストには、キニーネ、ペニシリン、モルヒネ等が記され、嗜好品のリストには煙草《たばこ》やチョコレート、チューインガム等が並んでいる。

「嗜好品や手紙を空輸できるのは、まだ余裕がある証拠だな。カタリナの積み荷が食糧や弾薬になったら、海兵隊は追い詰められていることになる」

「そのような状況になったら、カタリナで運ぶことすらできなくなるでしょう。物資を空輸するにしても、落下傘《らっかさん》での投下になるはずです」

ピットの言葉に、ローラーは応え、後から思いついて付け加えた。

「ですが、あと半年は持ち堪《こた》えられます。――計算上は」

マリアナ諸島の最南端に位置するグアム島に立てこもっているのは、アレクサンダー・ヴァンデグリフト少将の第一海兵師団と、第二海兵航空団《2ndMAW》隷下の戦闘機隊、急降下爆撃機隊だ。

総兵力は、軍属を合わせて約二万三〇〇〇名に達する。

合衆国は開戦前、日米間の緊張の高まりに伴い、グアム島の要塞化を進めて来た。

「対日開戦の際には、サイパン、テニアンの日本軍がグアムの攻略を試みる可能性が高い」

と考え、同地の民間人を避難させると共に、強力な守備隊を送り込んだのだ。

主だった海岸には、沿岸砲台やトーチカが建設され、内陸にも、二重、三重の防御陣地が設けられた。

洞窟《どうくつ》には食糧や弾薬、医薬品が備蓄され、一年程度は持久できる態勢が整えられた。

日本軍がグアムに侵攻して来れば、海岸で撃退し、海に追い落とす。

上陸を許し、橋頭堡《きょうとうほ》を築かれた場合には、内陸への侵攻を食い止め、持久戦に持ち込んで、太平洋艦隊の救援を待つ。

逆に、合衆国が先手《せんて》を取った場合には、第一海兵師団はマリアナ攻略の先鋒《せんぽう》となり、サイパン、テニアン両島への上陸作戦を試みる。

進攻と防御の両方に備えて、第一海兵師団は対日開戦の日を迎えたのだ。

グアムを巡る戦いは、マーシャル、トラック方面とは逆に、日本軍の先制攻撃で始まった。

開戦直後、サイパン、テニアンに展開していた日本軍の航空部隊が、グアムの飛行場に殺到し、滑走路や付帯設備を破壊して、離着陸不能に陥《おとしい》れたのだ。

第一海兵師団と共に、グアムに派遣された第二設営大隊は、飛行場の復旧《ふっきゅう》に努めたが、サイパン、テニアンの日本軍は空襲を反復し、建設用の機材を破壊すると共に、設営隊の隊員を殺傷した。

グアムの飛行場は使用不能となっただけではなく、復旧の見通しも立たなくなり、第一海兵師団は早くも制空権を喪失した。

「次は、日本軍が上陸して来る」

ヴァンデグリフト司令官は断言し、全将兵に防御態勢を取るよう命じた。

合衆国軍は、開戦と同時にマーシャル、トラックを占領し、太平洋艦隊主力はトラックまで前進している。

日本軍が上陸を試みても、太平洋艦隊の来援まで持ち堪えればよい、とヴァンデグリフトは睨んでいたのだ。

ところが、日本軍の上陸はなかった。

サイパン、テニアンから偵察機が飛来するものの、海岸や内陸の防御陣地が空襲を受けることも、沖合に日本軍の上陸部隊を乗せた輸送船団が出現することもなく、海兵隊員たちは臨戦待機状態のまま、日を送ることとなった。

開戦直後は、フィリピンを巡る戦いが戦局の焦《しょう》点《てん》となっており、太平洋艦隊もアジア艦隊の支援で手一杯だったため、第一海兵師団は八〇浬の距離を隔てて、サイパン、テニアンの日本軍と睨み合うだけだったのだ。

ヴァンデグリフト師団長は、サイパン、テニアンの攻略を求める意見書を何度か本国に送ったが、本国からは「別命《べつめい》あるまで、グアムの守りを固めよ」との指示が届くだけだったという。

ただ、補給だけはこまめに実施された。

一年程度は持久可能といっても、携行食や缶詰《かんづめ》ばかりが続いたのでは、将兵の士気《しき》に影響する。

亜熱帯圏に属するグアムでは、熱帯病に感染する兵も多く、医薬品の消耗が激しい。

日本軍の空襲を受けたときには、負傷者も出る。

このため、トラックの太平洋艦隊は、二日から三日に一度の割合で飛行艇を、一週間に一度の割合で潜水艦を、それぞれグアムに送り込み、生鮮食品、医薬品、嗜好品等を送り届けると共に、傷病兵の後《こう》送《そう》を実施していたのだ。

今日は、一九四二年三月一二日。

フィリピンの戦いが終わってから、約三ヶ月半が経過している。

ローラーは「半年は持ち堪えられる」と言ったが、あと半年も、今の状態が続くことはないはずだ。

日本軍がグアムに上陸して来るのか。あるいはこちらからサイパン、テニアンに打って出るのか。

そろそろ、新たな動きが起きるはずだ――と、ローラーだけではなく、第一海兵師団の全将兵が考えていた。

「トラックの動きはどうなのです？　太平洋艦隊が動き出せば、サイパン、テニアンなど、瞬《また》く間に陥とせると思いますが」

ローラーはピットに聞いた。

一時的にグアムの制空権を奪われはしたが、海軍の主力は何と言っても戦艦だ。

サイパン、テニアンに多少の航空兵力が配備されていたところで、多数の戦艦、巡戦が巨砲を振るえば、トラック同様、容易《たやす》く占領できるはずだ。

「そのあたりについては、俺も分からんのだ。海兵隊の方が、通信を傍受《ぼうじゅ》している分、詳しいことを知っていると思うが」

ピットは、軽く肩をそびやかした。こっちが聞きたいぐらいだ、と言いたげだった。

（進むも退《ひ》くもままならぬのでは、前線部隊はたまったものじゃない）

ローラーは、海兵隊員に同情している。

命令服従の精神と合衆国に対する忠誠心では、全合衆国軍中随一《ずいいち》を誇《ほこ》る海兵隊だが、孤立《こりつ》に近い状態で士気を保ち続けるのは難しい。

ヴァンデグリフト師団長は、

「グアムに充分な数の輸送船があれば、サイパン、テニアンに上陸を敢行したいところだ」

と、幕僚に漏らしたと聞き及ぶ。

早いところ、方針を決めてほしいものだ、と思わずにはいられなかった。

「一つだけ、気になるニュースがあった」

何かを思い出したらしく、ピットは言った。

「キンメル提督が、本国で作戦本部のお偉方《えらがた》と協議しているらしい。何を話し合っているのかは分からないが、そろそろ何か動きがあるかもしれんぞ」

2

「空母を全て寄越《よこ》せと言うのかね？」

アメリカ合衆国海軍作戦本部長ハロルド・スターク大将は、頓狂《とんきょう》な声を上げた。

首都ワシントンの作戦本部には、スタークと太平洋艦隊司令長官ハズバンド・E・キンメル大将の他、大西洋艦隊司令長官アーネスト・J・キング大将が参集している。

「全てとは言いません。ヨークタウン級のみで結構です」

キンメルは、こともなげに言った。

合衆国海軍が保有する空母は、中型空母の「キャバリー」とヨークタウン級空母八隻だ。

ヨークタウン級のうち、「ヨークタウン」「ホーネット」はリンガエン湾海戦（ルソン沖海戦前半戦の米側公称）で、「エンタープライズ」「プリンストン」はバベルダオブ沖海戦（パラオ沖海戦前半戦の米側公称）で、それぞれ沈んでいるため、残りは四隻となる。

うち一隻――「ワスプ」は、バベルダオブ沖海戦で大きな損傷を受け、真珠湾の工廠《こうしょう》で修理が行われていたが、二月一八日に、出渠《しゅっきょ》した。

残る三隻「カウペンス」「モントレイ」「カボット」は、大西洋艦隊に配備されている。

それら三隻を全て太平洋艦隊に回して欲しい、というのがキンメルの要望だった。

「強欲《ごうよく》な男だな、貴官は」

キングが、呆《あき》れたようにかぶりを振った。

「太平洋艦隊には、戦艦を優先的に回しているではないか。レキシントン級巡戦全てを回しただけではない。最新鋭のアラバマ級二隻も、太平洋艦隊に配備している。この上、空母まで全部寄越せとは、欲《よく》張《ば》りにもほどがある」

現在、太平洋艦隊が擁する戦艦、巡戦は一八隻だ。

アジア艦隊のトラック回航後、同艦隊に所属していた戦艦五隻は、真珠湾やサンディエゴで修理・整備や改装工事が行われているが、出渠次第キンメルの指揮下に入ることが予定されている。

これだけ多数の戦艦を擁する艦隊は、合衆国のみならず、世界にも例がない。

キンメルは主力艦を全て自分の指揮下に置くつもりか、と言いたげだった。

「私は適材適所を考え、ヨークタウン級を太平洋艦隊に配属して欲しいと希望しているだけだ」

反論したキンメルに、スタークが言った。

「合衆国全体の国家戦略を考えれば、貴官の要望を容《い》れるのは難しい。ヨークタウン級を全て太平洋に回せば、大西洋艦隊の空母は『キャバリー』だけになってしまう」

スタークはかぶりを振った。とても呑めぬ要求だ、との意が、言外《げんがい》に込められていた。

「キャバリー」は、合衆国が「ラングレー」に続いて建造した空母だ。「ラングレー」は給油艦《きゅうゆかん》からの改装だったため、最初から空母として設計・建造された艦としては初めてとなる。

搭載機数は八〇機から八六機と、ヨークタウン級に引けを取らないが、最高速度が二九・五ノットとやや遅く、防御力も乏しいため、最前線での運用には難ありと評価されている。

大西洋艦隊は合衆国の東海岸を守るための艦隊であり、重要度は太平洋艦隊以上と言っていい。

その大西洋艦隊に空母が僅か一隻だけというのは、作戦本部としては容認できない、とスタークは考えている様子だった。

「現在、大西洋側に合衆国の敵は皆無《かいむ》です。空母がなくとも、差し支えはないと考えますが」

キンメルの言葉に、スタークは反論した。

「イギリスと日本の同盟は、四〇年近くに亘《わた》る。同国が日本の側に立ち、合衆国に宣戦《せんせん》を布告《ふこく》する可能性を考えなくてはならない」

「イギリス参戦の条件は、『第三国が合衆国の側に立って参戦した場合』です。そのような兆候があるとは聞いておりません」

「作戦本部としては、常に最悪の場合を想定しておかねばならない。大西洋の反対側に日本の有力な同盟国が存在するというのは、厳然《げんぜん》たる事実なのだ。イギリスとの戦争になる可能性をゼロと想定することはできない」

「イギリス海軍も、複数の空母を保有しておりますからな。フランス海軍、イタリア海軍も、空母を建造中との情報があります。合衆国とヨーロッパ諸国の関係が不透明である以上、大西洋艦隊にも一定数の空母は必要でしょう」

　キングがスタークに賛同し、冷たい視線をキンメルに向けた。

「太平洋艦隊とアジア艦隊には、充分な数の空母が配備されていたはずだ。そのほとんどを失ったのは、貴官とブラウン（ウィルソン・ブラウン大将。アジア艦隊司令長官）の責任だろう。後始末《あとしまつ》を、大西洋艦隊に押しつけないで貰《もら》いたいものだ」

「日本海軍、特に空母や航空機の力を甘く見ていたことは否《いな》めない。サウス・ダコタ級戦艦が航空機に無力化されたり、空母同士の海戦で我が方が敗北したりする事態は想定していなかった」

　率直《そっちょく》に敗北を認めたキンメルに、キングは訝《いぶか》しげな表情を浮かべた。

　一連の敗北に関する、キンメルの抗弁《こうべん》を予想していたのかもしれない。

　キンメルは、スタークに向き直って訴《うった》えた。

「だからこそ、太平洋艦隊への空母の増援を希望しています。太平洋艦隊は、戦艦の数では日本艦隊を圧倒していますが、空母と艦上機がなければ勝利は難しいことが、一連の戦いを通じて判明しました。太平洋艦隊に配備された空母が『ワスプ』一隻だけでは、新たな攻勢に出るのは困難です」

「トラックには第一二航空軍《12AF》が集結中だ。彼らと協力すれば、日本軍への対抗は可能ではないか?」

12AFは、トラック環礁に進出している陸軍航空部隊だ。現在、B17二〇〇機を同地に進出させた他、基地防空用の戦闘機隊も展開を始めている。

当初は、一月半《なか》ばにトラック進出が予定されていたが、合衆国陸海軍の対立により、二月下旬までずれ込んだ。

フィリピンの陥落とアメリカ極東陸軍司令官ダグラス・マッカーサー大将の戦死が、海軍と陸軍の間に、大きな亀裂《きれつ》を生じさせたのだ。

参謀総長ジョージ・マーシャル大将が、

「フィリピンの喪失とマッカーサーの戦死は、どちらもアジア艦隊に重大な責任がある」

と主張すれば、スタークは、

「極東航空軍がアジア艦隊に協力していれば、敗北はなかった。マッカーサーが戦死したのは、彼のエゴが原因である。彼がアジア艦隊の勧めに従い、潜水艦に乗っていれば、無事に脱出できた」

と反論した。

最終的には、フランクリン・D・ルーズベルト大統領が両者を説得し、対日戦における陸海軍の協力を約束させたが、反目《はんもく》は残っている。

それでも、B17二〇〇機というのは大きな戦力だ。

これだけの「空の要塞」があれば、空母の代わりは充分務まるはずだ、とスタークは考えている様子だった。

「B17は、地上目標への攻撃には威力を発揮しますが、艦船攻撃には不向きです。四発重爆撃機の水平爆撃は、移動目標に対する命中率が非常に低いのです。12AFでは、日本軍の機動部隊に対抗できません」

「一式陸攻《ベティ》や九六陸攻《ネル》の水平爆撃は、艦船に対して一五パーセントから二五パーセントの命中率を出していたと聞くが? アジア艦隊と共に避退中だったマッカーサーも、ネルの爆撃によって戦死したというではないか」

「ベティやネルは海軍機であり、クルーは移動目標に対する水平爆撃の訓練を受けています。ですがB17は、地上の防御陣地や建造物に対する爆撃を主目的に開発された機体であり、クルーも移動目標への攻撃には不慣れです。何よりもB17には、空母艦上機のようなきめ細かい艦隊への支援は期待できません。空母は戦艦部隊の近くから艦上機を発進させ、敵の爆撃機を掃討《そうとう》したり、艦隊戦時に敵の観測機を撃墜したりするといった役割を担《にな》うことが可能ですが、B17に同様の働きは望めません」

「アトランタ級では、艦隊の防空に不足かね？」

スタークは不審《ふしん》そうに聞いた。

アトランタ級は、対空戦闘に特化した防空巡洋艦だ。一二・七センチ連装両用砲八基、二八ミリ四連装機銃三基等、充実した対空兵装と、最新式の射撃管制システムを装備している。

調達価格が高いこと、合衆国海軍では戦艦の建造を優先していることから、一九四二年三月時点で、二隻が配備されただけだ。

合衆国海軍では、この二隻を太平洋艦隊に配属している。

作戦本部も、艦隊の防空には心を砕いているのだ、とスタークは言いたげだった。

「防空巡洋艦は、城に喩《たと》えるなら弓兵《きゅうへい》に相当します。有用ですが、充分とは言えません。城を守るには、城外で敵を倒せる屈強《くっきょう》な兵士が必要です。その役を果たすのが艦上機であり、空母なのです」

スタークはしばし沈黙し、キングは意外そうな表情をキンメルに向けた。

「貴官は、頑固な大艦巨砲主義者だとばかり思っていた」

「大艦巨砲主義とは、戦艦以外の艦種や他の兵種に対する軽視を意味するわけではない。海軍の主力たる戦艦に、十二分に威力を発揮させ、勝利を摑《つか》むことが、真の意味での大艦巨砲主義だ。私は、合衆国海軍が日本海軍に勝つためには、航空機の支援が不可欠だと主張したいのだ」

　キンメルは一旦言葉を切り、少し考えてから付け加えた。

「アジア艦隊の戦闘詳報《バトル・レポート》を念入りに読めば、否応《いやおう》なく空母と航空機の威力を認識する。レポートだけではない。私も、太平洋艦隊の将兵も、フィリピンからトラックに避退して来たアジア艦隊の姿を自分の目で見ているのだ」

　トラック環礁に辿《たど》り着いたアジア艦隊の無惨《むざん》な姿を、キンメルは忘れることができない。

　世界最強を謳《うた》われていたサウス・ダコタ級戦艦は、六隻中四隻が失われ、生き延びた二隻も大きく傷ついていた。

　サウス・ダコタ級と共に、アジア艦隊の主力を担っていたニューメキシコ級戦艦三隻も、二隻が上部構造物に損傷を受けていた。

　巡洋艦や駆逐艦にも、損傷艦は少なくない。

　司令長官ウィルソン・ブラウン大将は、

「日本艦隊ごとき、アジア艦隊のみで充分だ」

と豪語《ごうご》したが、当時の堂々《どうどう》たる姿はなく、惨《みじ》めな敗残《はいざん》の艦隊があるばかりだった。

　アジア艦隊の諸艦艇を、修理と整備のために後送した後、キンメルはブラウンやアジア艦隊の幕僚から話を聞き、バトル・レポートにも目を通した。

　その結果、アジア艦隊の敗因が、航空戦における敗北であると認識したのだ。

「航空機には戦艦を沈めることはできなくとも、戦闘力を奪うことはできる。測距儀《そっきょぎ》が失われれば、射撃に不可欠の目を失い、通信アンテナを損傷すれば、僚艦や観測機との交信が不可能になる。雷撃を受けて浸水が発生すれば、傾斜に伴い、射撃精度に狂いが生じる。その状態で艦隊戦が生起《せいき》すれば、サウス・ダコタ級のような強力な戦艦といえども、格下の金剛型《コンゴウ・タイプ》戦艦や巡洋艦、駆逐艦に沈められてしまう。アジア艦隊はそのことを、艦の喪失という形で証明したのだ」

「航空機の威力について熱弁を振るうとはな。以前の貴官からは、考えられないことだ」

スタークが、小さくかぶりを振った。

キンメルが開戦前、飛行機乗りを「飛び屋《フライボーイ》」と呼び、軽蔑《けいべつ》する姿勢を隠そうともしなかったことは、スタークもキングも知っている。

人が変わったようだ、と言いたげだった。

「戦艦をジャップの『フライボーイ』に傷つけられたくないからこそ、空母と航空機を重視しているのだと御理解下さい。アラバマ級やレキシントン級を、リンガエン湾の『サウス・ダコタ』や『アイオワ』と同じ目に遭《あ》わせるわけにはゆかぬのです。特にレキシントン級は、次期作戦の要《かなめ》となる艦ですから」

「どう考えるかね、ミスター・キング？」

スタークは、キングに顔を向けた。

大西洋艦隊司令長官が承諾するならキンメルの要望を容れてもよい、と考えたようだ。

「二隻まで、ですな」

キングは、少し考えてから答えた。

「第三国の参戦という万一の事態を考えた場合、大西洋艦隊にも最低二隻の空母は必要です。ヨークタウン級二隻なら、容認できます」

「『ワスプ』と合わせて三隻では足りぬ。あと一隻なければ、グアムのことに責任が取れぬ」

キンメルは言い張った。

次期作戦では、孤立しているグアム島の救出が作戦目的となっている。

同地はフィリピン同様、合衆国領の一つであり、失陥《しっかん》するようなことがあれば、合衆国の国威に傷が付く。

グアムを日本軍の包囲下から解放すると共に、サイパン、テニアンを攻略するための足場《あしば》とするのだ。

そのためには、ヨークタウン級全てが必要なのだ、とキンメルは力説した。

「ヨークタウン級全てを太平洋艦隊に回すのであれば、大西洋艦隊としましては、東海岸の防衛に責任を取れません」

キングは、睨むような視線をスタークに向けた。

イギリス海軍の最新鋭戦艦キング・ジョージ五世級やネルソン級戦艦が、ニューヨークの沖に出現してもいいのか、と問いたげだった。

「東海岸の守りは、基地航空兵力と空母以外の戦闘艦艇で充分と考えるが」

「第三国の艦隊が、ニューヨークやフィラデルフィアの沖に出現すれば、国民はパニックになりますぞ。敵は、極力本土から離れた海域で撃退すべきです。そのためには、空母が必要なのです」

キングの反論を受け、スタークはしばし沈黙した。キンメルも、キングも、妥協する気はないようだ。互いに険しい表情で、睨み合っている。

スタークは、しばし二人の提督の顔を等分に見つめた。

ややあって、決定を告げた。

3

大英帝国の首都ロンドンでは、首相のウィンストン・チャーチルが、駐英アメリカ合衆国大使ジョン・ワイナントと、ダウニング街の首相官邸で向かい合っていた。

「我が国としては、どうも理解しかねますな」

ワイナントは、首を傾《かし》げながら言った。

演技なのか、本当に不思議がっているのかは、判別できなかった。

「貴国は我が国にとって父祖の国であり、民主主義という価値観も共有しています。その貴国が、何故《なぜ》日本に好意的な姿勢を取り続けるのでしょうか？」

「同盟国《アライド・ネイション》だから、ですよ」

チャーチルは、こともなげに答えた。

「我が国が日本と同盟を締結したのは一九〇二年です。以後、約四〇年に亘り、日本は同盟の責務を忠実に果たしてくれました。我が国は日本の盟邦《めいほう》として、義務を果たしているだけです」

「黄色人種の国が盟邦なのですか？」

「皮膚の色は問題としておりません。我が国の国益に照らして、判断しております」

　チャーチルは、少し考えてから続けた。

「一九〇四年から五年の日露戦争《ルッソ・ジャパニーズ・ウォー》も、黄色人種の国である日本と白人の国であるロシアの戦争でしたが、我が国は日本と同盟を結び、盟邦として助力しました。国家間の盟約は、皮膚の色よりも優先順位が高いのです。貴官も外交の専門家としてロンドンの大使館に赴任《ふにん》された以上、盟約の重さについては理解しておられるでしょう」

「日本との同盟が、貴国の国益にプラスとなっているのでしょうか？　日本は中国領である満州《マンチュリア》を侵略し、傀儡《かいらい》国家を建設しております。その日本と組めば、貴国も侵略国家の同類と見なされますぞ」

「その件については、貴官の前任者だったジョセフ・ケネディ大使とも話し合っております。今、この場で話したところで、同じことの繰り返しになるだけです」

　チャーチルは、ゆっくりとかぶりを振った。

　満州国建国の是非《ぜひ》について、貴官と議論をするつもりはない、との意思表示だった。

「本官の質問に、まだお答えいただいておりません。貴国は、本当に日本との同盟が、国益にかなうと信じておられるのでしょうか？」

「我が国の政府は、そのように判断しております」

　実際問題として、日本との取引は、イギリスと海外植民地に好景気をもたらしている。

　マレー半島やビルマから産出する鉱物資源や生ゴム等の戦略物資、イギリス製の軍用機、航空機用エンジン、レーダー、ソナー、通信機等の輸出によって、マレー、ビルマの鉱山主や農園主、イギリス本国の兵器メーカーは、巨額の収益を上げているのだ。

　極東に植民地を持つフランス、オランダの両国も、イギリスと同様の立場にある。特に、スマトラ、ボルネオに巨大な油田を持つオランダの収益は、イギリスのそれに劣らない。

　経済面に限れば、日英同盟の存在は、イギリス、フランス、オランダの三国に、多大な利益を生んでいると言えた。

「日本との同盟が、貴国に多大な経済的利益をもたらしていることは、我が国も理解しております。事実、貴国は大変に景気がよろしいようですからな」

　ワイナントは、皮肉交じりの口調で言った。

　イギリスも、フランスも、オランダも、戦争を利用して金儲《かねもう》けをしているだけだ――そんな言葉が喉《のど》元《もと》までこみ上げているように見えた。

「しかし、それは悪魔と取引をしているようなものではありませんか？　日本への支援は、侵略者への助力と同義ですぞ」

「大英帝国政府には、企業の自由な活動を規制することはできません。規制するつもりもありません。この点は、フランス、オランダも同様でしょう」

　チャーチルは、ワイナントの皮肉に動じた様子は、全く見せなかった。皮肉やあてこすりに目立った反応を見せるようでは、大英帝国の首相は務まらないのだ。

「資本家というものは貪欲なのですよ、ミスター・ワイナント。利益をもたらしてくれるなら、相手が悪魔であれ、死神《しにがみ》であれ、取引をするものです。この点は、貴国の資本家も同じでしょう」

「悪魔との取引は、いずれ自分の首を絞めることになりますぞ。日本の領土欲が満州に留まらず、香港《ホンコン》やシンガポールやインドに向けられる可能性もあるのです」

「日本の為政者《いせいしゃ》は、我が国との同盟が日本に多大な恩恵をもたらしていることを理解していますよ。万一、彼らがそのことを忘れ、我が大英帝国に牙《きば》を剝《む》くようなことがあれば、裏切《うらぎ》りの代価を支払わせるだけです」

「貴国は、日本への支援を打ち切るつもりはないのですな？」

「ありません」

チャーチルは即答した。

躊躇《ちゅうちょ》や熟考《じゅっこう》が入る余地は、まったくない。最初から、答は決まっていたのだ。

「貴国こそ、日本と和平交渉のテーブルに着かれるおつもりはないのですか？　会談の場所なら、我が国は喜んで提供しますぞ」

イギリスの議会にも、政府部内にも、「我が国が仲介役となって、講和の斡旋《あっせん》を」との意見がある。

だが、イギリスは日本の盟邦だ。

「敵国の味方」であるイギリスの仲介を、アメリカが受け容れるとは考えられなかった。

「日本の全面降伏ならともかく、我が国の側から和平交渉を呼びかけるつもりはありません」

ワイナントは唇を歪め、かぶりを振った。何を馬鹿《ばか》なことを、と言いたげだった。

「貴国が提示している和平の条件は、吉田大使《ヨシダ》（吉田茂《しげる》。駐英日本大使）から聞かされていますが、フィリピンを巡る戦いで敗北した側が出す内容ではありませんな」

チャーチルは、温《ぬる》くなった紅茶を一口すすってから言った。

アメリカと日本の和平交渉は、中立国のスイス、スウェーデン、スペインで行われている。

アメリカが日本に突きつけている条件は、開戦前より要求していた満州国の解体と中国への返還、開戦後に日本が占領したフィリピンの返還、アメリカが占領下に置いているマーシャル諸島、トラック環礁に加えて、マリアナ諸島、パラオ諸島の放棄、軍備の大幅な縮小、及び日英同盟の破棄だ。

軍縮の内容と、日英同盟に代わる新たな国際条約の締結は、別途協議の上決定すると伝えている。

一方、日本側は、フィリピンの返還には応じるものの、交換条件として、マーシャル諸島、トラック環礁の返還を求めている。

満州国に関しては、アメリカ資本の進出を認める代わりに、同国の国家承認を要求している。

互いに呑める条件ではなく、交渉は堂々巡りになっているとのことだ。

チャーチルが見たところ、戦争は緒戦《しょせん》でアメリカが中部太平洋の要地を押さえたものの、その後は日本が盛り返している。

一九四二年三月の時点では、日本が優位に立っていると言っていい。

現在の状況で、アメリカが高圧的な態度に出、日本に要求を呑ませようとしても、受け容れられるとは思えなかった。

「我が国は、フィリピンを一時的に失いはしましたが、戦争そのものに敗北したわけではありません。態勢を立て直し、日本を圧倒するときが、必ずやって来ます。戦争が長引けば、和平のための条件は、それだけ厳しくなります。そうなる前に我が国が出した条件を呑んだ方がよいと、日本に伝えているのです」

ワイナントは、胸を張って言った。

自分たちは、日本に過酷な条件を呑ませようとしているのではない。むしろ宥和《ゆうわ》的な条件を出しているのだ、と本気で考えている様子だった。

チャーチルは、しばし沈黙した。

ワイナントの言葉が、強がりなどではないことは分かっている。

アメリカの国力は、日本のそれを圧倒しており、時間をかければ、現在の倍以上の兵力を揃《そろ》えることも可能なのだ。

そうなれば、アメリカ軍は物量の力で日本軍を押し潰《つぶ》す。

B17やその後継機が日本本土の上空を飛び回り、アメリカ軍の戦艦が日本の沿岸を制圧して、巨弾の雨を降らせるときが、いずれ現実のものとなる。

そこまで行けば、イギリスも日本を助けることはできない。

日本は降伏を余儀《よぎ》なくされ、アメリカが支配下に置いてきた国や地域――ハワイやフィリピンと同様の運命を辿ることになるだろう。

「貴国が盟邦を助けたいとお考えなら、日本政府を説得していただけませんか？　合衆国が提示した条件を呑むべきだ、と」

チャーチルの沈黙を、反論できない故《ゆえ》と取ったのか、ワイナントは言った。

最終的に勝つのは合衆国です。貴国も今のうちに、合衆国についた方が、国策を誤《あやま》らずに済みますぞ――そんな言葉が、言外に込められていた。

チャーチルは苦笑しながら答えた。

「我が大英帝国は国際信義を重んじます。我が国の立場上、『アメリカに屈服せよ』などと日本に勧めることはできかねます」

「……互いの歩み寄りは、なさそうですな」

ワイナントは、軽く肩をそびやかした。承諾の返事など、最初から期待していなかった様子だった。

「日本への援助を止めるつもりはない。外交交渉で、日本を説得するつもりもない。それが、貴国の回答ですな？」

チャーチルは、最初から結論は決まっていた、との意を込めて頷いた。

「左様《さよう》。本日の議事録には、その旨《むね》を記載しておいていただきたい」

大臣室から退出する直前、ワイナントはチャーチルを振り返って言った。

「何もかもが、貴国の思惑《おもわく》通りに運ぶなどとは期待なさらないことです、首相閣下」

ワイナントが退出してから三〇分後、海軍軍令部長の職にあるダドリー・パウンド大将が首相官邸を訪れた。

チャーチルは、ワイナントとは打って変わった笑顔でパウンドを迎えた。

「貴官と話すのは楽しいことだ、ミスター・パウンド。いつも潮《しお》の匂いを、ダウニング街に運んで来てくれる。海軍の軍人は、陸《おか》に上がっても潮気が抜けないことがよく分かる」

「恐縮です、首相閣下」

パウンドは頭を下げ、チャーチルの向かいに腰を下ろした。

「貴官がかけているソファには、この直前まで、アメリカの大使がかけていた」

「ワイナント氏は何と？」

「交渉は平行線だ。日本への支援を中止せよ、と同じ要求を繰り返している。ただ、今日は面白いことを提案した」

「どのようなことを？」

「アメリカの要求を呑むよう、我が国が日本を説得しろ、とね。同盟国の説得なら、日本も呑むと思ったのだろうな」

「馬鹿なことを。アメリカは、我が国に裏切り者になれと要求するつもりですか。かのユダのように振る舞えと」

「アメリカとしては、同盟を切り崩したいのだろうさ。ニューヨーク軍縮条約を締結したときも、『日英同盟を破棄し、代わりにアメリカ、フランスを加えた四カ国の新条約を』としつこく提案して来た。我が国と日本の同盟が、よほど目障《めざわ》りなのだろう」

「だとすれば、同盟を維持する価値はありますな」

「アメリカは力を持ち過ぎた。このまま行けば、唯《ゆい》一《いつ》の超大国として、世界に君臨《くんりん》することになりかねぬ。歯止《はど》めとなる存在が必要なのだ」

チャーチルは、うっすらと笑った。

先の世界大戦終了後に始まった列国の建艦競争は、アメリカの一人勝ちで終わっている。

同国は、一九一六年度に計画した四〇センチ砲装備の戦艦、巡洋戦艦合計一六隻全てを完成させたのに対し、イギリスは大戦後の財政難が崇《たた》って、四〇センチ砲装備の戦艦四隻、巡洋戦艦三隻を竣工させたに留まったのだ。

数は、アメリカの四〇センチ砲戦艦の半分以下であり、対抗は難しい。

イギリスはニューヨーク軍縮条約の失効後に戦艦の建造を再開したが、現在までに三隻が完成しただけであり、アメリカには大きく水をあけられている。

かつては世界最大の海軍国として、七つの海に覇《は》を唱《とな》えたイギリスだったが、その座はアメリカに奪い取られた格好だ。

「アメリカは、我が国が世界大戦で消耗しているところにつけ込み、海の覇者《はしゃ》の座を奪った」

政府にも、軍にも、そのように考える者は少なくない。

同盟国である日本が、アメリカと開戦したことは、イギリスにとっては好機《こうき》だ。

この戦争で、アメリカの力が少しでも弱まれば、イギリスが再び海軍力でアメリカに追いつける日が来るかもしれない。

言わば、日本はイギリスの代理人として、アメリカと戦う形になったのだ。

開戦前は、「日本海軍がアメリカ海軍に対抗できるだろうか」という不安があった。

建艦競争に敗北して以来、日本海軍は大艦巨砲主義を放棄し、航空主兵主義に舵《かじ》を切っている。

空母と航空機を主力とする日本海軍が、多数の戦艦を持つアメリカ海軍に勝てるのか。一度か二度の海戦で叩き伏せられ、惨敗を喫《きっ》するのではないか。

イギリス海軍にも、悲観する者が多かった。

だが、いざ戦いが始まると、日本海軍は予想以上に善戦した。

「航空機による戦艦の撃沈」は実現していないものの、アメリカが世界に誇ったサウス・ダコタ級戦艦や、最新鋭戦艦のアラバマ級を屠《ほふ》り、フィリピンの攻略にも成功した。

日露戦争の折り、ロシア海軍を相手に大勝利を収めた東郷平八郎《ヘイハチロー・トーゴー》の海軍にも劣らぬ活躍ぶりだ。

戦局は予断を許さないが、日本が太平洋におけるイギリスの代理人として、「アメリカの力を削《そ》ぐ」役割を、十二分に果たしてくれることは期待できる。


そのためにも、日本にはこれまで以上の支援を行うことが重要だった。

「アメリカは、我が国の狙いに気づいているでしょうか？　日本を我が国の代理人として、アメリカと戦わせている、ということを」

パウンドの問いに、チャーチルは少し考えてから答えた。

「はっきりしたことは言えないが、仮に気づいていたとしても、アメリカが対日戦略を大きく変更するとは考え難い。日本に対しては、圧倒的な軍事力によって叩きのめし、屈服させる以外のことは考えていないはずだ。講和条件を緩め、日本を懐柔《かいじゅう》するなど、あの国のプライドが許すまい」

「『力は正義なり《マイト・イズ・ライト》』の思想が、かの国の根底にありますからな」

パウンドは小さく笑った。

「日本はどうでしょうか？　彼らが、我が大英帝国の代理として、アメリカと戦わされていることを知ったとすれば？」

「気づいているかもしれぬな。今の日本の立場は、日露戦争の時と同じだ。我が大英帝国の後ろ盾《うしだて》を得て、自国よりも遥かに強大な敵と戦う、という立場はな。かの国の指導者層に炯眼《けいがん》の持ち主がいれば、我が国の狙いに気づくことだろう」

チャーチルは一旦言葉を切り、葉巻《はまき》に火を点けた。香りの良い煙を思い切り吸い込んでから、先を続けた。

「だからといって、彼らには我が国との同盟を切ることはできぬよ。自国の独立を保ち、太平洋や満州における権益を守るためには、我が国の支援が不可欠だからな」

「利用されていることを知りつつ、関係を切れぬ、ですか」

　パウンドの目に、同情の色が浮かんだ。強大なアメリカ軍と戦い、血を流す日本人を憐《あわ》れんでいる様子だった。

「だが、この同盟が日本の国益にかなっていることも確かだ」

　チャーチルは、今一度葉巻の煙を吸い込んだ。

「我が国は世界戦略のために日本を利用するし、日本は自国の独立を守るために我が国を利用する。双方が利益を得ているのが、この同盟なのだ。国家とは、互いを利用し合うものさ。そうは思わぬかね、ミスター・パウンド？」

第三章　堅陣の島

1

「定期便じゃないな」

第八航空隊の第三小隊長刈谷文雄《かりやふみお》中尉は、一式戦闘攻撃機「天弓」のコクピットで呟いた。

「定期便」とは、サイパン、テニアンに展開する戦闘機隊の搭乗員が、トラック環礁から飛来するB17に付けた渾名《あだな》だ。

偵察であれば三、四機程度で、八〇〇〇メートル前後の高高度から飛来する。

爆撃の場合は三、四〇機程度の中規模編隊で、高度は様々だ。偵察時と同様、高高度から侵入して来ることもあれば、二〇〇〇メートル前後の比較的低めの高度から来襲することもある。

この日——四月二二日に来襲したB17が「定期便」と異なるのは、電探《でんたん》が捉えた反射波の大きさだ。

偵察目的で飛来するB17は反射波が小さく、「感一」と報告されることがほとんどだ。

爆撃目的で来襲する場合は、「感二」もしくは「感三」となる。

だがこの日、テニアン島の電探基地は、「感五」と報告している。

機数は、三、四〇機に留まらない。五〇機以上、いや一〇〇機以上の大編隊ではないか。

(今までのようにはいくまい)

刈谷は、顎《あご》を引き締めた。

第八航空隊は、日本海軍最初の天弓装備部隊だ。

第二三航空戦隊に所属し、昨年一〇月、台南《たいなん》飛行場の防空戦闘で初陣《ういじん》を飾っている。

このときは、来襲したB17約四〇機のうち一二機を撃墜し、飛行場の防衛に成功した。

八空はルソン沖海戦にも参加し、米軍の戦艦部隊を空から叩いている。

フィリピン攻略戦の終了後は、上位部隊である第二三航空戦隊と共にサイパンに移動した。

新しい戦場でも、頻々《ひんぴん》と飛来するＢ17相手に奮闘し、多数を墜として来たが、一〇〇機以上の大編隊となると、かなりの難物《なんぶつ》だ。

八空の他にも、同じ第二三航空戦隊に所属する台南航空隊と第三航空隊の零戦、合計五四機が上がっているが、過去の戦績を見た限りでは、天弓の方が多数のＢ17を墜としている。

ここは踏ん張りどころだ。

「四〇《ヨンマル》（四〇〇〇メートル）！　四二《ヨンフタ》！」

偵察員の佐久間徳蔵《さくまとくぞう》二等飛行兵曹が、伝声管を通じて、高度計が示す数値を伝えて来る。

視界に入るものは、共に上昇を続ける八空の僚機と、どこまでも続く蒼空《そうくう》だけだ。

「五〇《ゴマル》！」

の報告が届いたところで、八空は水平飛行に移った。

視界の隅に、サイパン島とテニアン島が見える。

テニアン島の方が面積がやや小さく、サイパン島の弟分《おとうとぶん》のようだ。

「早乙女《さおとめ》一番より全機へ」

飛行隊長早乙女玄《げん》少佐の声が、無線電話機のレシーバーを通じて伝わった。

「先行する台南空、三空から情報が入った。敵機はＢ17。現在位置、サイパンよりの方位一四〇度、四〇浬。高度五〇《ゴマル》。三〇機前後と思われる梯団五隊を組んでいる。サイパンの手前で迎撃する」

「多いな」

刈谷は、軽く唇を舐《な》めた。

電探の反射波から見て、一〇〇機程度だろうと思っていたが、その五割増しだ。

台南空、三空がある程度敵を減殺《げんさい》してくれたと思いたいが、Ｂ17は零戦でも苦戦を強いられる相手だ。

早乙女機が針路を一四〇度に取り、進撃を開始する。機首が、僅かに上向いているようだ。

敵機を捕捉する前に、高度上の優位を占めるつもりであろう。

「刈谷一番より二、三番。上昇しつつ進撃する」

刈谷は、三谷勝《みたにまさる》一等飛行兵曹の二番機、清水和則《しみずかずのり》二等飛行兵曹の三番機に指示を送った。

第一小隊の二、三番機、第二小隊も早乙女機に続く。

刈谷も、早乙女機に追随《ついずい》する。

現在、空に上がっている天弓は四二機だ。

開戦時における八空の装備機数は二八機だったが、その後戦力が増強され、定数は五四機となった。

その天弓も、B17との戦闘で消耗し、現在は四二機を上げるのが精一杯だ。

八空以外にも、天弓の装備部隊は二部隊編成されたが、一隊はパラオ諸島のバベルダオブ島に配備され、もう一隊は内地で錬成《れんせい》中だ。

錬成中の部隊は、訓練が終わり次第、マリアナに移動する予定だが、八空がB17の阻止に失敗すれば、彼らが配備される基地がなくなる。

とにかく、一機でも多く墜とす——そう自身に言い聞かせ、刈谷は天弓を操った。

五分ほどが経過したとき、

「早乙女一番より全機へ。前方に敵機！」

指揮官の声が、レシーバーに響いた。

刈谷も、正面にB17の編隊を見出《みいだ》している。

情報によれば、三〇機前後から成る梯団五隊との事だったが、編隊形を整えているのは三隊だ。

向かって左に位置する二隊は、編隊形が大きく乱れている。編隊の後方に取り残されている機体も、複数見える。

零戦五四機が猛攻を加え、編隊を切り崩したのだ。

「早乙女一番より全機へ。無傷の梯団を攻撃する。かかれ！」

叩き付けるような早乙女の命令が、レシーバーに飛び込んだ。

八空の天弓が、大きく三隊に分かれた。

早乙女が直率《じきそつ》する第一中隊、青柳優《あおやぎまさる》大尉が率いる第二中隊、山崎保雄《やまさきやすお》大尉が率いる第三中隊だ。

早乙女機と一小隊の二、三番機は、中央の梯団に向かっている。

「刈谷二、三番、続け！」

刈谷は後続機に下令し、エンジン・スロットルを開いた。

快調に回っていた三菱「火星」一一型エンジン二基が咆哮を上げ、天弓の機体が加速された。

第一、第二小隊に続いて、刈谷が率いる第三小隊も、B17群の正面から突っ込んで行く。

B17の機首や胴体上面から青白い火箭が噴き延び、右に、左にと振り回される。天弓の機体を搦《から》め捕ろうとするようだが、捉えられる機体はない。

第一小隊は正面から、第二小隊は右から、それぞれ猛速で突っ込み、二〇ミリ弾の太い火箭を放つ。

一連射を浴びせた後は、撃墜の成否に関わらず、敵編隊の下方へと離脱する。

「刈谷二、三番、左だ！」

刈谷は二番機の三谷一飛曹、三番機の清水二飛曹に命じ、向かって左に回り込んだ。

複数のB17が、機首と胴体上面に発射炎を閃かせる。青白い無数の曳痕が、右前方から殺到して来る。

刈谷は、舵輪を右に、左にと回す。敵弾は正面から向かって来るように見えるが、コクピットの脇へと逸《そ》れてゆく。

B17一機に狙いを定め、距離を詰める。「空の要塞」のごつごつした機体が、目の前に迫って来る。

右手の親指に力を込めた。

機首に装備する四丁の二〇ミリ機銃が同時に発射され、反動を受けた照準器が上下左右に振動した。

二〇ミリ弾の太い火箭がほとばしり、B17の機首から右主翼の付け根にかけて一薙《ひとな》ぎした。

命中を確認したときには、刈谷は舵輪を左に回し、離脱にかかっている。

旋回しつつ降下する刈谷機を、B17の火箭が追って来る。二、三発喰らったらしく、コクピットに打撃音が届く。

「佐久間、無事か⁉」

「無事です！」

伝声管を通じて、偵察員席の佐久間二飛曹と言葉を交わす。

天弓の機体にも、異常はない。英国で設計され、日本で生産された戦闘攻撃機の機体は、被弾に耐えている。

「刈谷二、三番、離脱！」

後続機の動きを、佐久間が報告する。

「刈谷一番より二、三番。右旋回！」

刈谷は後続機に指示を送り、舵輪を右に回す。

天弓が、右の水平旋回にかかる。

零戦ほど機敏な動きは望めないが、機種転換前に乗っていた九六陸攻に比べれば、遥かに軽快だ。

直進に戻ったときには、第三小隊はＢ17群の後ろ下方に付けている。

敵機の数は、さほど減ったようには見えない。編隊形にも乱れはない。

それでも、三機が機体の半分以上を火災煙に包まれ、墜落しかかっている。

「カモ番機をやる。刈谷二、三番、続け！」

刈谷は三谷と清水に命じるや、機首を上向け、エンジン・スロットルをフルに開いた。

カモ番機とは、編隊の殿軍《でんぐん》に位置する機体だ。空戦時には、最も敵機に仕留《しと》められやすいため、このように呼ばれる。

もっとも、Ｂ17は尾部と胴体の上下面に旋回機銃座を持ち、後方から襲って来る敵機にも反撃能力を持っている。「カモ番機」と呼ばれるほど、墜としやすい相手ではないかもしれない。

Ｂ17の尾部が、急速に近づく。垂直尾翼や水平尾翼も、並外《なみはず》れて大きい機体だ。どこから見ても「空の要塞」の呼称に相応《ふさわ》しい。

Ｂ17の尾部と胴体下面に発射炎が閃く。七・六二ミリ機銃の細い火箭が、鞭《むち》のように振り回される。

敵の射手も死《し》に物狂《ものぐる》いだ。

尾部銃座に陣取《じんど》る射手の姿は、はっきりとは見えないが、恐慌《きょうこう》状態に陥《おちい》り、顔を引きつらせているかもしれない。

「悪く思うな」

その言葉を投げかけながら、刈谷はB17との距離を詰め、機銃の発射ボタンを押した。

機首からほとばしる太い火箭が、B17の尾部を捉える。きらきらと光りながら飛び散るものが見え、尾部銃座が沈黙する。

多数の二〇ミリ弾が、尾部銃座を直撃したのだ。射手の肉体は、原形を留めなかったかもしれない。

刈谷がエンジン・スロットルを絞り、一旦B17と距離を置く。

三谷機、清水機が突進し、左右から同時に、二〇ミリ弾の火箭を叩き込む。
二、三番機の射弾は、狙い過たずB17の主翼に命中した。
一番エンジンと三番エンジンから炎が上がり、黒煙が引きずられ始めた。

二基のエンジンが止まりかかっているのか、B17の速力が低下し、高度を落とし始める。

「早乙女一番より全機へ。テニアンが近い。投弾前に、一機でも墜とせ!」

一機撃墜を喜ぶ間もなく、飛行隊長の声がレシーバーに響いた。

サイパン、テニアン両島が、視界に入っている。

B17の第一梯団は、テニアン島を目指しているようだ。僚機を墜とされ、編隊形を崩されながらも、進撃を続けている。

刈谷は、残弾計を見た。

四丁の二〇ミリ機銃に、二八発ずつが残っている。あと二回は仕掛けられる弾数だ。

「刈谷二、三番、弾はあるか?」

「刈谷二番、残弾二四!」

「刈谷三番、残弾一七!」

「よし、続け!」

三谷と清水の返答を受け、刈谷は叩き付けるように叫んだ。

編隊の後方に位置する無傷のB17一機に狙いを定め、フル・スロットルで突進した。

B17の尾部と胴体下面に発射炎が閃き、細い火箭がほとばしる。

第三小隊が狙った一機だけではない。周囲に位置する機体も、旋回機銃を撃って来る。

「幌馬車隊《ほろばしゃ》だな」

刈谷は、そんな呟きを漏らした。

機体同士の間隔を詰め、旋回機銃座の相互支援で天弓に対抗するB17の動きから、西部劇映画で円陣《えんじん》を組み、野盗《やとう》の襲撃に対抗する幌馬車隊の戦法を連想したのだ。

B17から放たれる複数の火箭が、右に、左にと振り回される。

多数の曳痕が撒《ま》かれる様は、銃弾で壁を作ろうとしているかのようだ。

刈谷は心持ち上昇し、B17の後ろ上方に占位した。機首を僅かに傾け、B17の背後から突っ込んだ。

胴体上面の旋回機銃が火を噴くより早く、刈谷は一連射を放っている。

二〇ミリ機銃四丁を束ねた火箭が、B17の胴体上面から左主翼の付け根にかけて突き刺さり、ジュラルミンの破片が陽光を反射しながら宙に舞う。

一連射を浴びせたところで、舵輪を左に回し、B17の側方から下方へと離脱する。

B17の胴体側面にも発射炎が閃くが、火箭が刈谷機を捉えることはない。B17の巨大な機影は、瞬く間に視界の外に消える。

「三谷機被弾!」

佐久間が、悲痛な叫びを上げた。

刈谷は、咄嗟《とっさ》に右方を見た。

二番機が、二番エンジンから炎と黒煙を噴き出し、急速に高度を下げている。炎は急速に燃え広がり、コクピットにまで届きそうだ。

「刈谷二番、脱出しろ！　三谷！　小岩」

刈谷は、三谷と同機の偵察員を務める小岩哲夫《こいわてつお》三等飛行兵曹に呼びかけたが、応答はない。

三谷機は、機首をほとんど垂直に近い角度まで傾け、テニアン沖の海面に向かってゆく。

ほどなく空中で爆発が起こり、三谷機の姿が消失した。刈谷の目の前で、二人の部下が散華《さんげ》したのだ。

先に銃撃を浴びせたB17に、墜落する様子はない。編隊内の定位置を保ち、進撃を続けている。

(迂闊《うかつ》だった)

刈谷は悔《く》やんだ。

三谷は刈谷機の動きを見て、不用意にB17との距離を詰めたのだ。そこに複数の敵機から射弾を集中され、エンジンに被弾したのだろう。

もう少し慎重に部下を誘導していれば、と思わずにはいられなかった。

「小隊長、清水機は健在です！」

佐久間が僚機の状況を知らせる。

もう一丁《いっちょう》、行きましょう。三谷の仇《あだ》を討《う》ちましょう——そう言いたいのは明らかだった。

「よし、行くぞ！」

刈谷が今一度突撃に移ろうとしたとき、B17群の前方に爆煙が湧《わ》き出した。

一箇所だけではない。空中の一〇箇所以上で爆発光が閃き、黒煙が入道雲《にゅうどうぐも》のように湧き出している。

テニアン島の対空砲陣地が、砲撃を開始したのだ。

B17群は躊躇《ためら》う様子も見せず、爆煙の直中《ただなか》に突っ込んで行く。

戦闘機の迎撃を突破した「空の要塞」にとり、対空射撃など恐れるに足りぬ、とでも言いたげな動きだった。

ほどなくB17の下腹《したはら》から、黒い塊《かたまり》が投下され、テニアン島の飛行場に爆発光が走り始めた。

2

「米軍はマリアナに来る。私は、そのように断言いたします。これまでで最大規模の空襲がテニアン島にかけられた以上、敵の狙いは明らかです」

連合艦隊旗艦「香椎」の長官公室に、黒島亀人首席参謀の声が響いた。

この日早朝、テニアン島にかけられた大規模空襲の被害状況については、サイパン島に置かれた第八艦隊司令部より報告が届いている。

来襲した敵機はB17。機数は約一五〇機。

爆撃はテニアン島に集中し、島内に二箇所ある飛行場のうち、西岸付近の西飛行場が使用不能に陥れられた。

北端付近の北飛行場も被害を受け、滑走路一本が使用不能に追い込まれたものの、残る一本の滑走路は損害軽微であり、飛行場そのものも使用可能だ。

第八艦隊隷下の第四設営隊は、テニアン北飛行場に集中して、復旧作業を行っている。

戦果はB17の撃墜確実一九機、不確実二四機との報告だ。

迎撃に上がった戦闘機隊の被害は、零戦一〇機、天弓六機が未帰還と報告されている。

B17に対して強みを見せた天弓も、これだけの機数を相手取っては、無傷とはいかなかったのだ。

他に、テニアン北、西両飛行場で、九六陸攻一九機が地上撃破された旨、報告が届いていた。

山本五十六連合艦隊司令長官は、緊急の作戦会議を招集し、旗艦「香椎」の作戦室には連合艦隊司令部の幕僚の他、第一から第四までの各艦隊司令長官、参謀長も出席していた。

黒島に続いて、榊久平航空参謀が発言した。

「首席参謀の御意見に賛成します。これまでトラックのB17は、偵察、爆撃の都度、高度や侵入経路を変えていました。彼らは、マリアナ、パラオにおける飛行場の位置や、配備されている艦戦、陸攻の数の他、最適な侵入経路や高度を探っていたと考えられます。米軍は充分な情報を収集し、トラックにもB17の数が一定数揃ったため、マリアナに対する大規模攻撃に踏み切ったのでしょう」

ここ二ヶ月ほどの間に、第八艦隊、第九艦隊は、トラック環礁に索敵機を飛ばし、飛行場工事の進《しん》捗《ちょく》状況や、トラックに配備されているB17の数を探ろうと試みている。

だが、それらの多くは未帰還となるか、トラックの手前で敵戦闘機に追い払われたため、充分な情報を得られなかったのが実情だ。

海軍では、高速で足が長い新型機「二式艦上偵察機」の配備を進めていたが、同機が実戦配備される前に、米軍のマリアナ攻撃が始まったのだった。

「航空偵察と少数機による爆撃を繰り返した結果、米軍はパラオよりもマリアナの方が攻め易いと判断した、ということかね？」

第四艦隊参謀長草《くさ》鹿《か》龍《りゅう》之《の》介《すけ》少将の問いに、榊は答えた。

「攻めやすいというより、米軍は最初からマリアナ諸島の攻略を狙っていたものと考えます」

「その根拠は？」

「米軍の視点で見た場合、マリアナよりもパラオの方が攻めやすく、陥とし易い目標です。基地航空隊の配備機数は、マリアナの方が多いためです。にも関わらず、敵がマリアナを狙って来たのは、最初から同地に狙いを定めていたからだと考えられます」

「パラオへの爆撃と偵察は陽動だったと？」

今度は、第四艦隊司令長官小《お》沢《ざわ》治《じ》三《さぶ》郎《ろう》中将が聞いた。

「そのように考えております」

「政治面からも、米軍がマリアナ攻略を優先する理由があります」

政務参謀の藤井茂中佐が発言した。

机上に広げられている広域図に指示棒を伸ばし、

米国領のグアム島を指した。

「御存知のように、グアム島は未《いま》だに米軍が確保しております。米国は開戦以前から、グアムに約二万と見積もられる地上兵力を展開させると共に、堅固な防御陣地を構築し、長期間に亘って持久できるだけの物資を備蓄してきましたが、籠城《ろうじょう》を続ければ、いずれ底を尽きます。フィリピンに続いてグアムを失陥すれば、米国の国威は損なわれ、現政権に対する国民の信頼にも揺らぎが生じます」

「グアムは、万難《ばんなん》を排して死守したい。そのためには、サイパン、テニアンを攻略し、マリアナ諸島における制空権、制海権を奪取する必要がある、か」

小沢が地図を見つめ、ゆっくりと言った。

自ら米政府の首脳に成り代わり、太平洋における戦略を考えているような口調だった。

「米軍がマリアナ攻略を狙うのは、グアムの防衛だけが理由ではあるまい」

山本が口を開き、自ら指示棒を広域図に伸ばした。

サイパンから小笠原諸島、伊豆諸島を経て、日本本土を指した。

「マリアナを占領すれば、そこを足場に小笠原を狙える。小笠原を陥とせば、B17で直接帝都を叩けるのだ」

作戦室の中が、しばしどよめいた。

山本が口にしたのは、最悪の予想だ。

B17が小笠原諸島まで前進して来れば、霞ケ関《かすみがせき》の官庁街や銀座《ぎんざ》、日比谷《ひびや》等の繁華街、下町や山の手の住宅街に爆弾の雨が降るだけではない。

横須賀鎮守府《よこすかちんじゅふ》や海軍工廠、追浜《おっぱま》の飛行場といった軍事基地や、三菱、中島《なかじま》等、主だった航空機メーカーの工場も標的になる。

日本は生産力の根幹《こんかん》を破壊され、戦争遂行能力を喪失するのだ。

(何よりも、東京には宮城《きゅうじょう》がある)

最も重要な場所の存在を、榊は口にしようとして、途中で呑み込んだ。

長官は皇室への忠誠心が篤《あつ》い。宮城のことは、真っ先に考えたはずだ。

「米国としては、直接帝都を叩けるのであれば、敢えてフィリピンを奪い返す必要はありませんな」

どこか皮肉げな口調で、小沢が言った。

「でしたら、パラオの二四航戦と二六航戦をマリアナに移動させてはいかがでしょうか？　敵の狙いを絞り込めた以上、二四航戦、二六航戦は、マリアナ防衛の大きな力になると考えますが」

第三艦隊参謀長酒巻宗孝《さかまきむねたか》少将の意見には、大西滝治郎連合艦隊参謀長が応えた。

「パラオをがら空きにすれば、米軍がどのように出るか予想がつかぬ。場合によっては、マリアナとパラオの同時攻略を企《くわだ》てる可能性もある。それを考えれば、パラオの兵力を移動するわけにはゆかぬ」

「B17による長距離爆撃は、なおも反復されるはずだ。マリアナの基地航空隊が弱体化したところで、米軍は太平洋艦隊の主力を投入して来る。我が方は、サイパン、テニアンに増援を送ると共に、第二、第三、第四艦隊をサイパン沖に出撃させたいと考える」

山本は、改まった口調で全員に言った。

第二艦隊司令長官近藤信竹《こんどうのぶたけ》中将、第三艦隊司令長官南雲忠一《なぐもちゅういち》中将が顔を引き締めるのと対照的に、小沢は「鬼瓦《おにがわら》」の異名を持ついかつい顔を僅かにほころばせた。

海軍の将官の中でも、小沢は知将として知られており、「帝国海軍の諸葛孔明《しょかつこうめい》」の渾名がある。

本領発揮だ、とでも言いたげな表情だ。

ただし、近藤、南雲が既に実戦を経験しているのに対し、小沢は今回が初の実戦となる。

その笑みが、自信あってのものか、米軍の実力をまだ知らぬが故の自己過信なのかは分からなかった。

「各艦隊の空母戦力を合わせれば、米軍を圧倒できると、私たちは確信しております」

大西が、近藤、南雲、小沢に向かって頭を下げた。

南雲の第三艦隊は、一月に実施された再編成で、指揮下にあった航空戦隊が一部入れ替えられている。

第三航空戦隊が編成から外され、小型空母「龍《りゅう》驤《じょう》」が配属されたのだ。

「龍驤」は、商船改装の中型空母「隼鷹《じゅんよう》」と第四航空戦隊を編成する予定だが、「隼鷹」はまだ竣工していないため、当面は第一航空戦隊に編入されている。

結果、第三艦隊の空母戦力は、一航戦の「土佐《とさ》」「加賀《かが》」「龍驤」、二航戦の「蒼龍《そうりゅう》」「飛龍《ひりゅう》」となった。

小沢の第四艦隊は、第三艦隊から異動した第三航空戦隊の「雲龍《うんりゅう》」「海龍《かいりゅう》」、昨年一一月のパラオ沖海戦で初陣を飾った第五航空戦隊の「翔鶴《しょうかく》」「瑞鶴《ずいかく》」、第六航空戦隊の小型空母「祥鳳《しょうほう》」「瑞鳳《ずいほう》」を擁している。

第三、第四の両艦隊を合わせれば、空母は大小一一隻を数え、艦上機は常用機だけでも五九四機に達する。

これらの他に、翔鶴型空母の三番艦「紅鶴《こうかく》」が呉《くれ》海軍工廠で竣工していたが、同艦は艤装《ぎそう》工事中に対空火器の装備数が変更されたために完成が遅れ、まだ艦隊には配属されていなかった。

「米軍の投入兵力については、どのように見積もっておられますか？」

「空母については、最大五隻と睨んでいます」

酒巻の問いに、榊が答えた。

「開戦時点で米軍が保有していた空母は、ヨークタウン級八隻と中型空母の『キャバリー』です。うち、ヨークタウン級四隻はルソン沖海戦とパラオ沖海戦で撃沈しましたから、米軍が投入可能な空母は、五隻が上限となります」

「開戦後に、新型空母が就役した可能性は？」

「その情報は入っておりません」

盟邦の英国からは、米海軍はヨークタウン級の拡大改良型となる新型空母の建造を進めているとの情報が届いている。

ただし、竣工は早くて今年の末になるとのことだ。当面、新型空母の存在は考えなくてよい、というのが、連合艦隊司令部が出した結論だった。

「戦艦については？」

今度は、第二艦隊参謀長の白石万隆《しらいしかずたか》少将が聞いた。

「最も可能性が高いのは、レキシントン級巡洋戦艦の投入です。他に、パラオ沖海戦で存在が確認された新型戦艦のアラバマ級も、投入される可能性があります」

黒島が答えた。

パラオ沖海戦の終盤、第二四、二六航空戦隊の九六陸攻が米アジア艦隊を攻撃したとき、戦艦は五隻が確認されている。

攻撃隊が撮影した写真を分析したところ、アジア艦隊の戦艦五隻のうち、二隻がサウス・ダコタ級、三隻がニューメキシコ級であることが判明した。

開戦時に米海軍が保有していたサウス・ダコタ級戦艦六隻のうち、四隻がフィリピンで沈んだのだ。

残る二隻も損傷が大きく、前線に出て来られる状態にはない。

米太平洋艦隊としては、六隻のレキシントン級を前面に押し立ててくるのではないか、と黒島は説明した。

「レキシントン級六隻か。楽な相手ではないな」

第二艦隊司令長官近藤信竹中将が呟いた。

レキシントン級巡洋戦艦の主砲は、五〇口径四〇センチ連装砲四基八門。

火力はサウス・ダコタ級の三分の二だが、一発当たりの破壊力は同等だ。

速度性能は極めて高く、最高三三・三ノットを発揮する。

足が速い分、第二艦隊にとっては、サウス・ダコタ級以上の強敵かもしれない。

水上砲戦にもつれ込んだ場合には、第三、第四艦隊の指揮下にある戦艦も、第二艦隊の指揮下に入ることになってはいるが――。

「だからこそ、今回は機動部隊が二隊出撃するのだ」

山本がニヤリと笑った。

「空母一一隻分の艦上機に、サイパン、テニアンの基地航空隊が加われば、航空兵力では敵を圧倒できる。敵の空母を一掃した後は、航空兵力を敵戦艦に向ければよい」

「航空攻撃で、敵戦艦を仕留めきれなかった場合に、我が二艦隊の出番が来るというわけですか。ルソン沖海戦と、同様の展開ですな」

「米海軍は、何と言っても戦艦の数が多い。機動部隊と砲戦部隊が力を合わせねば、勝利は難しいのが現実だ」

「承知しております。機動部隊には、極力《きょくりょく》敵戦艦の力を削いで貰う役割を期待しています」

近藤は、南雲と小沢にちらと視線を向けた。

頼りにしている、と言いたげだった。

山本は各艦隊の司令長官と参謀長を見渡し、改まった口調で命じた。

「第二、第三、第四の各艦隊は、燃料の補給が終わり次第、マリアナ諸島に向けて出撃。出現が予想される米太平洋艦隊主力を撃滅すると共に、サイパン、テニアンを死守せよ」

3

「方位二七〇度に島影二」

第二巡洋艦戦隊《CD2》旗艦「チェスター」の艦橋《かんきょう》に、見張員《みはりいん》が報告を上げた。

「影絵《かげえ》のようだな」

「チェスター」艦長トーマス・M・ショック大佐は、左舷側を見て呟いた。

この日——一九四二年四月二三日の月齢は七だが、月は西の水平線付近に近づいている。

ぼんやりとした月明かりを背に、二つの島の稜線《りょうせん》が見えている。向かって右、すなわち北側に位置する方が、目標のサイパン島であろう。

「『ダイヤ1』より『キング』。吊光弾《ちょうこうだん》を投下する」

通信室を通じて、搭載機のヴォートOS2U〝キングフィッシャー〟より報告が入った。

CD2に所属する三隻の重巡「チェスター」「シカゴ」「ルイヴィル」は、二機ずつのキングフィッシャーをサイパン上空に飛ばしている。

うち一機が、攻撃目標の飛行場を発見したのだ。

「砲術より艦橋。吊光弾の投下を確認」

「CD2全艦、射撃開始《オープン・ファイアリング》」

射撃指揮所からの報告を受け、CD2司令官のマイケル・C・グリーン少将が命じた。

各砲塔の一番砲が第一射を放った。

左舷側に向けて火焔がほとばしり、二〇・三センチ主砲三門の砲声が、夜の大気をどよもした。

後方からは、姉妹艦「シカゴ」「ルイヴィル」の砲声も伝わって来る。

三艦合計九発の二〇・三センチ砲弾が、サイパン島南東のラウラウ湾や海岸を飛び越え、日本軍の飛行場に殺到する。

最初の射弾は、二十数秒後に着弾した。

島に密生する樹木に遮《さえぎ》られ、弾着時の爆発光を艦上から視認することはできなかったが、木々の向こう側が明るくなる様を遠望《えんぼう》できた。

「観測機より報告。第一射、全弾近」

「主砲仰角、プラス二修正」

旗艦「チェスター」の艦橋に二つの報告が届く。

前者は通信長ジャック・H・ビンセント中佐、後者は砲術長ラリー・O・パーマー中佐だ。

「了解。第二射撃て」

ショックが命じるや、各砲塔の二番砲が火焔を噴出し、砲声が轟いた。

二十数秒後、再び赤い光が湧き出し、サイパン島の稜線が浮かび上がる。

「観測機より報告。第二射、全弾遠」

「主砲仰角、マイナス一修正」

ビンセントとパーマーから新たな報告が届く。

「チェスター」は各砲塔の三番砲で、第三射を放つ。

この直前まで、波のざわめきと風以外の音は聞こえなかったであろう夜の海面に、雷鳴さながらの咆哮が、連続して轟いている。

「反撃はなさそうだな」

グリーン司令官が言った。

CD2は現在、ラウラウ湾口の沖に展開し、サイパンの敵飛行場に対する砲戦距離を一万六〇〇〇ヤード（約一万四六〇〇メートル）に取っている。

ラウラウ湾周辺に沿岸砲台がないことは、B17の航空偵察によって判明していたが、この距離であれば、野砲の射程内に入る。

反撃を警戒して、護衛の駆逐艦が一二・七センチ砲を陸地に向けているが、今のところ地上に発射炎は観測されていない。

ショックがグリーンに応えるより早く、第三射弾が落下した。

「観測機より報告。第三射、二発が命中」

「次より斉射に移行」

ビンセントの報告を受け、ショックはパーマーに命じた。

「アイアイサー。次より斉射」

パーマーが命令を復唱し、二〇・三センチ主砲がしばし沈黙する。

日本軍の飛行場で火災が発生したのだろう、赤い光が稜線を浮かび上がらせている。

「作戦の第一段階は成功というところだな。ジャップの慌《あわ》てぶりが目に見えるようだ」

グリーンは満足そうに言った。

CD2が一切の反撃を受けていないところから、早くも勝利を確信したようだった。

太平洋艦隊司令部よりサイパンの敵飛行場に対する艦砲射撃の命令が下ったのは、この日——四月二三日の正午前だ。

トラック環礁に展開する12AFは、四月二一日から二三日まで、三日連続でサイパン、テニアンに一〇〇機以上のB17による大規模爆撃を敢行したが、敵戦闘機の激しい迎撃を受け、敵飛行場を使用不能に追い込むまでには至らなかった。

　マリアナ諸島には、台湾《タイワン》上空で初めて姿を見せた一式戦闘攻撃機《タイプ1ファイター・アタッカー》——合衆国のコード名「ダスティ」が多数配備されており、12AFに大きな被害を与えたのだ。

　日本近海で敵情を探っている潜水艦の情報によれば、二一日夜、有力な日本艦隊が豊後水道《ブンゴ・チャンネル》を通過し、南下を開始したという。

　彼らがマリアナ近海に到達する前に、両島の日本軍飛行場を破壊し、基地航空隊の動きを封じなければならない。

　幸い、テニアン島の敵飛行場はB17の爆撃で使用不能に追い込んでいるから、艦砲射撃はサイパンのみでよい。

　その任務にCD2と、ニューオーリンズ級重巡洋艦二隻で編成された第六巡洋艦戦隊《CD6》が選ばれ、サイパンに向かったのだ。

「艦砲射撃は戦艦によって実施すべき」

　という声も太平洋艦隊司令部にあったようだが、

「日本軍の設営部隊は機械力に乏しく、合衆国の設営部隊《シー・ビーズ》に比べ、能力が遥かに劣る。敵飛行場への攻撃は、重巡の二〇・三センチ砲で充分である。また、戦艦の主砲弾を対地射撃に使用すれば、艦隊戦時に弾切れとなる危険もある。戦艦の主砲弾は、艦隊戦に備えて温存したい」

　との反対意見により、却下された。

　CD6も、間もなくサイパン島北部の敵飛行場に砲撃を開始するはずだ。

「装填《そうてん》完了。斉射、開始します」

　パーマーが報告し、前甲板にめくるめく閃光《せんこう》が走った。轟然《ごうぜん》たる砲声が、艦橋を包んだ。

　後方からも砲声が届き、

「『シカゴ』『ルイヴィル』斉射」

の報告が上げられる。

三艦合計二七発の二〇・三センチ砲弾が、既に射弾を撃ち込まれて火災を起こしている敵飛行場に向けて飛ぶ。

「海中にも異常はないようだな」

周囲の海面を見て、ショックは呟いた。

艦砲射撃中の軍艦は、速力を一定に保ち、直進しているため、潜水艦から見れば格好の標的になる。

だが、「チェスター」の水測室から「ソナー、コンタクト」の報告はなく、護衛の駆逐艦も、対潜戦闘に入っていない。

潜水艦による襲撃の可能性は、今のところはない。

日本軍も、サイパンに対する艦砲射撃の可能性は予想していなかったのかもしれない。

最初の斉射弾が落下したらしく、西の空がひときわ明るさを増した。

「観測機より報告。敵飛行場、火災！」

ビンセントが弾んだ声で報告する。

「チェスター」は二度目の斉射を放つ。

再び強烈な閃光が、ショックらの目を灼《や》く。

斉射に伴う反動が収まったとき、重巡のそれとは異なる発射炎が左舷側に閃き、逆光が駆逐艦の艦影を浮かび上がらせた。

護衛に当たる第九六駆逐隊《DDG96》の司令駆逐艦「メイラント」が発砲したのだ。

「潜水艦か⁉」

グリーンが叫び声を上げた。

その声にショックが答えるより早く、

「『メイラント』より受信。『左舷雷跡』！」

ビンセントの報告が飛び込んだ。

「と、取舵一杯。針路二七〇度！」

「艦長より砲術。砲撃、一時中止！」

ショックは、咄嗟に二つの命令を発した。

「取舵一杯。針路二七〇度！」

航海長アラン・ジェレマイア中佐が操舵室に命じるが、「チェスター」の舵はすぐには利《き》かない。

基準排水量九二〇〇トンの艦体は、一六ノットの速力で直進を続けている。

「艦長より機関長、両舷前進全速！」

ショックは、機関長ジェフ・ホール中佐に命じた。

敵潜は、「チェスター」の未来位置を狙って魚雷を放っている。

増速すれば、狙いを外せるはずだ。

「両舷前進全速！」

ホールが命令を復唱し、機関の鼓動《こどう》が高まる。

「チェスター」の巨体が加速され、艦首から激しい波飛沫が上がる。

「左九〇度、雷跡！」

艦橋見張員が叫ぶ。魚雷は、早くも目視可能な位置まで迫って来たのだ。

（かわせ、『チェスター』！）

胸中で、ショックは艦に呼びかけた。

ここで被雷したら、まず助からない。沈没は免《まぬが》れても、夜が明けたら、一式陸攻《ベティ》や天弓《ダスティ》が飛んで来る。

「雷跡左九五度！　一〇〇度！」

艦橋見張員が、魚雷の相対位置を報告する。

「チェスター」は加速を続けるが、迫る魚雷に対して、もどかしいほど遅い。

「雷跡近い！　当たります！」

「総員、衝撃に備えよ！」

艦橋見張員の悲鳴じみた報告を受け、ショックは全乗員に下令した。

自身も両足に力を込め、被雷の衝撃に備えた。

「雷跡、艦尾至近を通過！」

数秒後、後部見張員の報告が上げられた。

「かわしたか！」

ショックは、大きく息をついた。

咄嗟の増速命令が奏功《そうこう》した。ぎりぎりではあったが、「チェスター」は魚雷の回避に成功したのだ。

このときになって、ようやく舵が利き始め、「チェスター」は艦首を大きく左に振った。

後方にいた「シカゴ」「ルイヴィル」が、視界に入って来る。

両艦とも「チェスター」同様、取舵を切ったらしく、左に回頭中だ。

「司令官、御指示を」

「戦隊針路〇度。砲撃を――」

ショックの言葉を受けて、グリーンが命じかけたとき、

「『ルイヴィル』被雷！」

艦橋見張員が、悲鳴じみた声で叫んだ。

ショックは、両目を大きく見開いた。

「ルイヴィル」の艦橋や煙突《えんとつ》の向こう側に、巨大な水柱がそそり立つ様が見える。

艦の中央部と後部に一本ずつだ。

敵潜水艦は、「メイラント」が発見した一隻だけではなかったのだ。

「メイラント」の対潜戦闘は、なお続いている。

敵潜水艦が潜航したのだろう、砲撃ではなく、爆雷攻撃に切り替わっている。

海中で繰り返し爆発が起こり、海面が大きく盛り上がっては弾ける。

「メイラント」だけではなく、ＤＤＧ96の二、三、四番艦も加わったようだ。

「対空レーダーに反応！」

不意に、レーダーマンの報告が艦橋に飛び込んだ。

続けてビンセントから、

「観測機より報告。『敵機、貴方に向かう』！」

との報告が上げられる。

「た、対空戦闘！」

「艦長より砲術。対空戦闘！」

グリーンが狼狽《ろうばい》した声で叫び、ショックはパーマーに下令した。

爆雷の炸裂音に混じり、爆音が聞こえ始めた。

敵機の姿は見えない。爆音だけが拡大する。

「チェスター」「シカゴ」が発砲するより早く、上空に複数の光源が出現し、吊光弾の青白い光が駆逐艦四隻を照らし始めた。

敵機は、吊光弾をＤＤＧ96の頭上に投下したのだ。

「艦長より砲術、駆逐艦を援護しろ！」

ショックは射撃指揮所に命令を送ったが、「チェスター」の一二・七センチ両用砲は火を噴かない。僚艦「シカゴ」も同様だ。

照準手が、機影を捉えられないようだ。

「『スタック』被雷！」

艦橋見張員が叫んだ。

数秒の間を置いて、下腹にこたえるような炸裂音が「チェスター」の艦橋に伝わった。

ＤＤＧ96の最後尾にいた「スタック」の艦上に、火災炎らしき赤い光が見える。

「見張り、確かに雷撃だったか？」

「水柱を確認しました。間違いありません」

「雷撃か……」

ショックは唸《うな》り声を発した。

現在の状況を考えると、潜水艦にやられた可能性が高い。敵潜は合衆国側の混乱を衝《つ》いて、吊光弾の光に照らされた駆逐艦に雷撃を見舞ったのだ。

上空では、なお爆音が轟いている。

日本機が、ＣＤ２の上空を飛び回っているのだ。

「撃て！　撃ち落とせ！」

「艦長より砲術、射撃開始！」

グリーンの命令を受け、ショックはパーマーに命じた。

艦橋の後方から赤い光が差し込み、重々しい砲声が轟く。片舷に四基ずつを装備する一二・七センチ単装両用砲が、ようやく敵機を捕捉したのだ。

後方からも砲声が届き、「『シカゴ』射撃開始」と後部見張員が報告する。

二隻のノーザンプトン級重巡は、八門の一二・七センチ単装砲を振り立て、頭上を飛び回る日本機に射弾を浴びせる。

頭上に新たな光源が出現し、前甲板が青白い光に照らされた。

光量はさほど大きくないが、第一、第二砲塔や艦首の揚錨機《ようびょうき》ははっきり分かる。

CD2の頭上に、新たな吊光弾が投下されたのだ。

「艦長、転舵《てんだ》の命令を！」

「いや、このままだ」

ジェレマイアの具申《ぐしん》を、ショックは却下した。

回頭を始めても、舵が利き始めるまでには時間がかかる。それよりは全速航進を続けることで、吊光弾の光から逃れようと考えたのだ。

「チェスター」は、艦首付近に激しい飛沫を立てながら航進を続ける。

（なんたることだ！）

ショックは、胸中で毒づいた。

吊光弾の光を恐れて逃げ回るとは、素顔《すがお》を見られることを恐れて裏町に隠れ潜む犯罪者も同然だ。

「司令官、作戦を中止し、撤退してはいかがでしょうか？」

首席参謀のハロルド・ビクセン中佐が、意を決したような口調でグリーンに具申した。

「敵潜が潜む海面にこれ以上留まるのは、危険が大き過ぎます。今のうちに、撤退すべきです」

「サイパンの敵飛行場を放置しておけぬ。放置しておけば、太平洋艦隊が敵機の脅威にさらされる」

「無理押しをすれば、本艦と『シカゴ』が『ルイヴィル』の二の舞になります。それほど重要な任務に、重巡三隻と僅かな駆逐艦だけで挑むのが間違いだったのです」

「駄目だ。撤退はできぬ！」

グリーンは、なおも言い張った。

任務を達成できず、重巡と駆逐艦各一隻に重大な損害を受けただけ、という結果に終わったのでは、キンメル司令長官に面目《めんぼく》が立たない——そんな危機感が透けて見えた。

正面に新たな吊光弾が投下され、おぼろげな光が海面を照らした。

敵機は、CD2の前方に回り込んだのだ。

「航海、取舵一〇度！」

「取舵一〇度、了解！」

ショックの命令をジェレマイア航海長が復唱し、操舵室に指示を送る。

「チェスター」は、なおも両用砲を撃ちまくりながら直進を続けるが、ほどなく艦首を左に振る。

吊光弾の光から外れたと思ったとき、

「さ、左舷雷跡！」

艦橋見張員が、切迫した声で叫び声を上げた。

「取舵、切り続けろ！」

咄嗟に、ショックは命じた。

「アイアイサー。取舵、切り続けます」

「雷跡近い！」

ジェレマイアの復唱に、見張員の悲鳴じみた声が重なった。

「総員、衝撃に備えろ！」

ショックが艦内放送のマイクを摑んで叫んだとき、「チェスター」の左舷艦首と艦橋の直下から、凄まじい衝撃が突き上がった。

4

四月二五日早朝、硫黄島《いおうとう》南部にある千鳥《ちどり》飛行場では、東の空から差し込む曙光《しょこう》の中、数十機の爆音が轟いていた。

硫黄島は、日本本土とマリアナ諸島の中間点に位置しているため、サイパン、テニアンに航空機が移動する際の中継点になっている。

飛行場は二箇所。南部の千鳥飛行場と中央の元山《もとやま》飛行場だ。前者は大型機用、後者は小型機用と定められている。

この日、千鳥飛行場から飛び立とうとしていたのは、サイパンの第二一航空戦隊に配属される第一一航空隊の天弓四五機だ。

既に全機が、一五〇〇メートルの長さを持つ第一滑走路に移動し、離陸準備を整えていた。

五時二六分、一番機がフル・スロットルの爆音を立てて、離陸を開始した。

二基の三菱「火星」一一型エンジンが咆哮を上げ、プロペラが高速で回転し、天弓の機体をぐいぐいと引っ張る。

一番機は三五〇メートルほど滑走したところで、着陸脚が地面から離れ、上昇を開始した。

二番機以降の機体も、次々と滑走を始める。

一番機同様、フル・スロットルの爆音を立て、土埃を巻き上げながら滑走し、両翼に大気を一杯にはらんで、夜明け直後の大空へと舞い上がってゆく。

三〇分もかからずに、全機が発進を終えるはずだったが――。

「指揮所より全機へ。敵機来襲！」

一一空の第五中隊長丹羽真吉《にわしんきち》大尉の耳に、基地司令を務める立原恵三《たちはらけいぞう》中佐の声が飛び込んだ。

僅かに遅れて、機外から不吉な響きを持つ空襲警報が聞こえて来た。

「馬鹿な！」

丹羽は、思わず叫んだ。

現在、最前線となっているのは、サイパン、テニアンの両島だ。硫黄島は、サイパンから六〇〇浬も離れている。

その硫黄島に、どうやって敵が来るのか。

「空母か！」

その可能性に、丹羽は思い至った。

空母であれば、硫黄島に接近できる。

サイパン、テニアン、パラオであれば、敵空母の接近を見逃す可能性はまずないが、硫黄島は中継基地ということもあって、配備されている機数が少なく、警戒態勢も充分とは言えなかった。

敵は、その隙《すき》を衝いて来たのだ。

「八木《やぎ》一番より全機へ。離陸急げ！」

一一空飛行隊長八木久幸《ひさゆき》少佐の声がレシーバーに響いた。

丹羽は、滑走路を見た。

一一空の天弓は、離陸を続けている。離陸の間隔が、明らかに短くなっている。

「守谷《もりや》一番より丹羽一番。指示を願います」

「離陸する！」

第二小隊長守谷猛《たけし》中尉の問いに、丹羽は即答した。

地上で撃破されるなどまっぴらだ。何としても離陸し、サイパンまで飛ぶのだ。

「まだか」

丹羽は、正面を見据えた。

前方では、第四中隊の天弓が離陸を続けている。彼らが飛び立ってくれねば、五中隊は上がれない。

視線を、周囲の空に向ける。

敵機の姿はまだ見えないが、いつ出現してもおかしくない。

「早くしろ、まだか」

丹羽は、前を塞《ふさ》ぐ四中隊に呼びかけた。

残る機体も、次々と滑走に入っている。あと少しで、五中隊も離陸に移れる。

「まだか」

今一度、丹羽は呼びかけた。

最後から二機目の機体が滑走を開始し、最後尾の機体も続いた。

丹羽の目の前に土埃が上がるが、すぐに収まる。

四中隊の最後の機体は、みるみる遠くなって行く。

「丹羽一番より五中隊全機へ。離陸する！」

麾下《きか》の八機に下令し、エンジン・スロットルを開いた。

「隊長、敵機です！　左正横上空！」

フル・スロットルの爆音に、丹羽機の偵察員を務める山下文平《やましたぶんぺい》一等飛行兵曹の叫びが重なった。

丹羽は唇を嚙《か》み締めながらも、正面を見据えた。

既に天弓は、滑走を始めている。一か八か、離陸できる可能性に賭けるのだ。

左方からは、複数の機影が猛速で降下しつつ、滑走路に向かって来る。

標的が滑走路ではなく、天弓であることは、容易に想像がつく。

「そうはいくか！」

その言葉を吐き捨て、丹羽は前方に向き直った。

天弓の速度は上がっている。

離陸速度まで今一息だが、敵機の機影も拡大する。

グラマンＦ４Ｆ〝ワイルドキャット〟。米海軍の主力艦上戦闘機だ。

その機体が、丹羽機を離陸前に叩くべく、横合いから仕掛けて来る。

（間に合え。間に合ってくれ）

丹羽は、その念を機体に込めた。

機体がそれに応えたかのように、着陸脚が地面から離れた。天弓の機体がふわりと浮き上がり、上昇を開始した。着陸脚を収容すると同時に、速度も上がった。

敵機の両翼に閃光が走ったが、敵弾は天弓の後方を通過する。着陸脚の収容に伴う加速が、敵弾に空を切らせたようだ。

敵機が風を捲《ま》いて、丹羽機の頭上を通過する。

「敵機、来ます！」

山下が叫び、伝声管を通じて機銃の連射音が伝わった。

後席の七・七ミリ旋回機銃を発射したのだ。

二機目のＦ４Ｆからも、青白い火箭がほとばしる。

山下が放った七・七ミリ弾と、Ｆ４Ｆが放った一二・七ミリ弾が交錯する。

Ｆ４Ｆが火を噴くことはないが、丹羽機にも被弾はない。

なおも複数のＦ４Ｆが、左方から突っ込んで来る。

全てをかわし切るのは難しい。

「五中隊全機、低空だ！」

丹羽は、後続機に命じた。

同時に機首を押し下げ、降下に転じた。

一度は上昇しかかった天弓が、高度を下げる。着陸しようとするような動きだが、機体の下にあるのは不整地の地面だ。到底、降りられる場所ではない。

丹羽は、機体を地上すれすれに降下させる。

Ｆ４Ｆが両翼の前縁《ぜんえん》を真っ赤に染めるが、丹羽機を捉える敵弾はない。

Ｆ４Ｆが次々と、丹羽機の頭上を通過する。

金属的な爆音は、いかにも悔《くや》しげだ。獲物《えもの》を捕え損ねた猛禽《もうきん》の叫び声にも聞こえる。

「山下、後続機はどうか⁉」

「五機を確認。全機、我に追随しています！」

「五機か」

山下の返答を、丹羽は反芻《はんすう》した。

五中隊の機体は、丹羽機を含めて九機だ。第三小隊の三機は離陸が間に合わなかったのか。あるいは、離陸直後に撃墜されたのか。

やりとりを交わしている間に、丹羽機は海面の真上に出ている。

雷撃機のような超低空飛行だ。波のうねりや、風に砕かれる波頭がはっきり見える。

「丹羽一番より五中隊全機。しばらく低空飛行で行く！」

丹羽は、後続機に下令した。

迂闊に高度を上げるのは危険だ。これ以上は、一機も失いたくない。

上空には、絡み合う飛行機雲が見えている。先に離陸した天弓が、Ｆ４Ｆと戦っているのだ。

「応援は無理だな」

苦衷《くちゅう》の呟きが、丹羽の口から漏れた。

Ｂ17に対しては強みを発揮する天弓も、単発戦闘機には分《ぶ》が悪い。

機種名は「戦闘攻撃機」となっているが、戦闘機同士の空戦を行うための機体ではないのだ。

五中隊が応援に駆けつけても、Ｆ４Ｆの餌食《えじき》となる可能性が高い。戦友たちが、窮地《きゅうち》を切り抜けてくれるよう祈る以外にない。

「守谷一番より丹羽一番、前方に敵機！」

守谷中尉の声が、レシーバーに響いた。

丹羽は顔を上げ、正面上空を見据えた。

F4Fが四機、正面から迫っている。

「山猫《ワイルドキャット》」の名を持つ機体だが、ずんぐりしたごつい姿は、猪《いのしし》の突進を思わせる。

「全機、海面に張り付け！」

丹羽は咄嗟に、全機に命じた。

機首四丁の二〇ミリ機銃は、F4Fには通じない。命中すれば破壊力は絶大だが、天弓の機動力では、F4Fの捕捉は困難だ。

海面すれすれの超低空飛行で、敵機をやり過ごす以外にない。

丹羽は、更に機首を押し下げる。

正面の海面が、引き寄せるようにせり上がる。

下腹が波頭に接触せんほどの低高度だ。高波が来れば、海面に叩き付けられてもおかしくない。

危険極まりない動きだが、丹羽は高度を上げようとしなかった。

正面から四機のF4Fが突っ込んで来る。

両翼の前縁に発射炎が閃き、青白い火箭が殺到する。海面に突き刺さり、線状の飛沫が上がる。

敵機の搭乗員も、海面に激突することを恐れ、遠距離から射弾を放っている。狙いは不正確になり、海面を撃つだけに終わっている。

F4Fが次々と、丹羽機の頭上を通過する。

一〇秒ほどが経過したとき、

「グラマン反転！　後方から来ます！」

山下が緊張した声で報告した。

「丹羽一番より全機へ。高度そのまま！」

丹羽は、後続する五機に命じる。

海面すれすれの超低空飛行が、なおも続く。眼下の海面は、急流の勢いで後方に流れ去って行く。

バックミラーの中で、赤い炎が躍った。

「一機被弾！　二小隊三番機です！」

山下が、悲痛な声で報告した。

塚田《つかだ》修《おさむ》二等飛行兵曹と田畑三郎《たばたさぶろう》一等飛行兵が搭乗する機体だ。

内地から硫黄島を経由し、マリアナに飛ぶのは初めてという若年搭乗員《ジャク》だが、ベテランの誘導に従ってここまで来られた。

その二人が、硫黄島沖の海面に叩き付けられ、飛沫と変わったのだ。

丹羽は唸り声を発したが、高度を上げるわけにはいかない。低空飛行を続行する。

「敵一機、墜落！」

今度は歓声混じりの声で、山下が叫んだ。

天弓の七・七ミリ機銃による戦果ではない。F4Fが引き起こしをしくじり、海面に叩き付けられたのだ。

残る三機のF4Fが、天弓五機の頭上を通過する。

「全機上昇！　正面から立ち向かう！」

丹羽は、後続機に命じた。

F4Fは三機、こちらは五機だ。速力、運動性能共に劣る双発機でも真っ向から勝負すれば、火力の差で勝てるかもしれない。

丹羽機が機首を引き起こし、上昇する。

「後続機、上昇します！」

山下が僚機の動きを報《しら》せる。

これまで海面に張り付くように飛んでいた五機の天弓が高度を上げて行く。

F4F三機は、一旦は正面から仕掛けて来る素振《そぶ》りを見せたが、丹羽機の面前《めんぜん》で左に旋回した。

一一空とすれ違い、後方へ——硫黄島がある方角へと飛び去って行く。

天弓への攻撃は、断念したようだ。深追いを避けるよう、命じられていたのかもしれない。

丹羽は、周囲を見渡した。

硫黄島は既に見えなくなり、他の中隊の天弓も見当たらない。

海面付近で戦っている間に、硫黄島から遠ざかり、味方機ともはぐれたのだ。

「丹羽一番より全機へ。高度五〇《ゴマル》（五〇〇〇メートル）。サイパンに向かう」

丹羽は後続機に下令し、天弓を五〇〇〇メートルまで上昇させた。

「後方に火災煙が見えます。硫黄島のあたりです」

山下の報告を受け、丹羽は左旋回をかけた。

天空高く立ち上る黒煙が、視界に入って来た。

不吉な報せを告げる狼煙《のろし》さながらだ。

硫黄島の飛行場が受けた空襲被害の大きさを、煙の量が物語っていた。

第四章　硫黄島沖海戦

1

サイパン島を目指して南下中の第三艦隊は、「硫黄島空襲サル」の第一報を、マリアナ諸島アグリハン島の西方海上で受け取った。

サイパン島と硫黄島の中間海域だ。

内地を出港して以来、第三艦隊は敵潜水艦の触接を何度か受けたものの、直接攻撃を受けることなく、現海面まで航行して来た。

共に内地から出港した第二、第四艦隊も同様だ。

順当に行けば、この日の日没前後にサイパン島の近くに到達できるはずだったが、目的地まであと半日というところで、後方の基地から緊急信が飛び込んだのだ。

「硫黄島にやって来るとは……」

旗艦「土佐」の艦橋で、首席参謀大石保《おおいしたもつ》大佐が唸り声を発した。

硫黄島は、サイパン、テニアンよりも遥かに本土に近い。

日本軍の艦艇や航空機と遭遇《そうぐう》する危険を冒《おか》しても、硫黄島を襲った米軍の大胆さに驚いたようだ。

「どう見る、甲参謀？」

参謀長酒巻宗孝少将は、航空甲参謀の源田《げんだ》実《みのる》中佐に意見を求めた。

「敵の狙いは、サイパン、テニアンの孤立にあると推測します。米軍は中継点の硫黄島を叩くことで、内地からサイパン、テニアンへの増援を困難なものとし、両島の基地航空兵力の壊滅《かいめつ》を目論んでいると考えます」

「硫黄島空襲サル」の第一報が届いてから、既に考えを巡らしていたのか、源田は淀《よど》みなく答えた。

「乙参謀の意見は？」

「甲参謀と同じです」

航空乙参謀の吉岡忠一《よしおかただかず》少佐が、酒巻の問いに答えた。

「敵は、搦め手から攻めて来た、ということか」

参謀たちのやり取りを聞いていた司令長官南雲忠一中将は、ぼそりと呟いた。

米軍は四月二一日から二三日にかけ、三度に亘ってサイパン、テニアン両島に、多数のB17による空襲を敢行し、二三日夜には、巡洋艦の艦砲射撃による飛行場の破壊を試みた。

艦砲射撃に対しては、第八艦隊に所属する潜水艦部隊と、第五根拠地隊《こんきょち》隷下の水上機部隊が迎撃に当たり、サイパン島南東部のラウラウ湾口で重巡二隻、駆逐艦一隻を、同島北端のマッピ岬《みさき》沖で駆逐艦三隻を、それぞれ撃破した。

航行不能もしくは速力低下に陥った重巡と駆逐艦は、夜明け後に陸攻隊が攻撃し、撃沈している。

サイパンの日本軍飛行場は、多数のB17による爆撃と巡洋艦の艦砲射撃を受けても、なお健在なのだ。

「不沈空母」と呼ぶに相応しい奮闘ぶりだ。

その「不沈空母」も、増援がなければ戦力はじり貧《ひん》になる。所属機を失った航空基地は、搭載機を失った空母と同じなのだ。

「米軍は、サイパン、テニアンの守りの堅さを見て硫黄島攻撃を決定したのではないと考えます。硫黄島に対する攻撃を、最初から作戦計画に組み込んでいたのではないでしょうか？」

源田の意見に、酒巻は聞き返した。

「何故、そのように考える？」

「米軍の目標は、サイパン、テニアンの攻略にあります。仮に硫黄島が健在であれば、サイパン、テニアンに上陸作戦を敢行しても、米軍は硫黄島からの航空攻撃に悩まされることとなります。それを防ぐためには、硫黄島の我が軍飛行場を早い段階で潰しておくのが合理的です」

続けて、吉岡が発言した。

「硫黄島は、サイパン、テニアンへの中継基地であり、配備されている兵力はさほど大きくありません。空母一隻乃至《ないし》二隻分の航空兵力があれば、飛行場を使用不能に追い込むことは充分可能です。米軍は、重要であるにも関わらず、最も手薄な場所を衝いて来たと考えます」

「硫黄島を襲った敵空母は、一、二隻ということかね？」

南雲の問いに、酒巻が答えた。

「現時点では断言できません。はっきりしているのは、硫黄島の近海、すなわち我が艦隊の後方に、最低一隻の敵空母を含む機動部隊が存在するということです」

「我々はどう動くべきかな？」

「選択肢は三つです。第一に、引き返して硫黄島沖の敵を叩く。第二に、予定通りサイパン沖に向かう。第三に、三艦隊か四艦隊のどちらかを硫黄島に向かわせ、もう一方はサイパン沖に向かう。以上の三案です」

南雲はすぐには答えず、しばし考えを巡らした。

第三艦隊は、近藤信竹中将の第二艦隊、小沢治三郎中将の第四艦隊と共に、米太平洋艦隊主力と雌雄《しゆう》を決すべく、現海面まで南下して来た。

三人の司令長官の中で、最も先任順位が高いのは二艦隊の近藤長官だが、同艦隊は三、四艦隊の後詰《ごづ》めという立場だ。

山本五十六連合艦隊司令長官は、航空戦に際しては南雲が指揮を執るよう命じており、近藤、小沢もその旨を了承している。

四艦隊の小沢は、知将の誉《ほま》れが高い人物であり、南雲もその才幹《さいかん》を認めているが、先任順位は低い。

米太平洋艦隊の中で最重要の目標である空母は、日本艦隊の後方にいる。

引き返して、敵空母の撃滅を目指すべきか。あるいは、予定通りマリアナに向かうべきか。
三、四艦隊の統一指揮を執る立場として、南雲が決断しなければならないが——。
南雲は酒巻に聞いた。

「もう少し詳しく知りたい。硫黄島の我が軍飛行場は、完全に使用不能となっているのだろうか？」

「硫黄島の基地に、『被害状況ヲ報サレタシ』と通信します」

酒巻が頷き、通信参謀小野寛次郎《おのかんじろう》少佐に打電を命じた。

退出しようとした小野を呼び止め、

「来襲した敵機の数と、来襲時の方位も報せるよう伝えてくれ。敵艦隊の情報が、少しでも欲しい」

と付け加えた。

返答は、およそ二〇分後に届けられた。

「千鳥飛行場、元山飛行場トモ離着陸不能。来襲セル敵機ハ戦爆連合。機数約一〇〇機。敵機ハ方位一三五度ヨリ侵入セリ。〇六二八《マルロクフタハチ》」

「一〇〇機といえば、正規空母二隻が一度に出撃させられる機数です。硫黄島を襲った敵は、最低でも二隻の空母を擁していると推定されます」

小野が電文を読み上げるや、源田が発言した。

続けて、酒巻が言った。

「GF司令部の情報によれば、現時点における米太平洋艦隊の空母戦力は最大で五隻です。その全てが硫黄島近海にいるのか、米軍が空母戦力を二分《にぶん》しているのかは、まだ分かりません」

「空母の数よりも、硫黄島の飛行場が使用不能になった事実が重要だ。米軍は、作戦目的を達成したことになる」

南雲は酒巻に応えた。

「長官は、敵空母は既に硫黄島近海から立ち去っている、とお考えですか？」

「私は、そのように推測する。目的を達成した以上、硫黄島近海に留まっていても意味はない。それよりも決戦に備え、太平洋艦隊本隊との合流を急ぐのではないだろうか？」

「でしたら、我が軍の選択肢は一つです。敵が立ち去っている以上、硫黄島に引き返しても意味はありません。このまま、サイパンに向かうべきです」

「サイパンに向かった場合、敵に背後を衝かれる危険が考えられます」

　源田が、注意を喚起《かんき》するように発言した。

「硫黄島からの報告電は、敵機が方位一三五度より硫黄島上空に侵入した旨を伝えて来ました。この報告より、敵機動部隊は硫黄島の南東に展開していると推測されます。敵機動部隊の位置によっては、我が方を攻撃圏内に捉える可能性があります」

「甲参謀の意見に賛成です。敵機動部隊の正確な位置は不明ですが、仮に硫黄島よりの方位一三五度、一五〇浬の海面から攻撃隊を放ったとしますと、三艦隊からの相対位置は、方位三四二度、一八〇浬となります。艦上機であれば、我が艦隊を捕捉可能な位置です」

　航海参謀の雀部《ささべ》利三郎《りさぶろう》中佐が発言した。

　南雲は、彼我《ひが》の相対位置を思い描いた。

　雀部の計算通りなら、三、四艦隊は敵艦上機の攻撃圏内に入る。

　昨年一一月のパラオ沖海戦では、第三艦隊は初めて空母を傷つけられたが、その悪夢が再現されるかもしれない……。

「同時に、我が方も敵空母を攻撃圏内に捉えられる。それが甲参謀の言いたいことか？」

　笑いを含んだ酒巻の問いに、源田は「御明察《ごめいさつ》です」と答えた。

　謹厳《きんげん》な顔が崩れ、いたずらを企《たくら》んでいる悪童《あくどう》のような表情になった。

「敵機動部隊がこちらの攻撃圏内に踏み込んで来たのであれば、もっけの幸いです。ここで敵空母を一掃してしまえば、サイパンの防衛戦闘では、我が軍が有利になります。一旦反転して、敵機動部隊の捜索に当たってはいかがでしょうか？」

「太平洋艦隊に所属する敵空母が、全て硫黄島攻撃に参加したとは限るまい。後方にいる空母は、二、三隻程度かもしれない」

　大石保首席参謀の発言に、源田は反論した。

「敵空母の数が少なければ、我が方は圧勝できます。

我が軍は、分散している敵空母を各個撃破の要領で撃滅すればよいのです」

「後方の敵と戦っている間に、サイパン、テニアンが太平洋艦隊の主力に襲われたらどうする？　我が軍の目的は、あくまで両島の防衛だ」

「後顧《こうこ》の憂《うれ》いを断《た》つことも必要です。背後にいる敵機動部隊を放置すれば、三艦隊か四艦隊のどちらか、あるいは両方が攻撃され、大きな打撃を受ける危険があります」

「待て、二人とも」

南雲は、割って入る形で大石と源田の議論を制した。

次いで、酒巻に言った。

「参謀長、貴官は先ほど、三つの選択肢を出したな？　最後の案は、三艦隊か四艦隊のどちらかを硫黄島に向かわせ、もう一方はサイパン沖に向かう、というものだったが」

「そのように申し上げました」

「第三案を採るか。空母二、三隻程度の機動部隊が相手なら、三、四艦隊のどちらか一方で充分ではないか？」

「それは一案ですが、戦力分散の危険を冒すことにならないでしょうか？　硫黄島近海の敵機動部隊については、正確な情報が得られていません」

「今回の作戦で二隊の機動部隊が出撃したのは、二兎《にと》を追う必要が生じた場合に備えてではないかね？　今が、そのときだと考えるが」

「仮に第三案を採るとして、三艦隊と四艦隊、どちらを硫黄島に向かわせますか？」

三艦隊と四艦隊の統一指揮権は、南雲にある。南雲が四艦隊に命じれば、小沢四艦隊長官は、従わねばならない立場だ。

だが南雲は、敢えて命令権を行使しなかった。

小野通信参謀に顔を向け、言った。

「四艦隊旗艦を呼び出してくれ。私が直接、小沢に話す。無線封止《ふうし》を破ることになるが、この際止むを得まい」

2

八時丁度《ちょうど》、第三航空戦隊の空母「雲龍」より発進した二式艦上偵察機は、硫黄島の南東一四〇浬の空域を、北北西に向かっていた。

「二式艦偵」の略称を持つ二式艦上偵察機は、九九式艦上爆撃機の後継機として、海軍航空技術廠《ぎじゅつしょう》が開発を進めていた機体だ。

艦爆としては、まだ改修を必要とする部分が多いが、高速で、航続距離も長いため、艦上偵察機としての試用が決定し、「雲龍」に増加試作機二機が搭載された。

九九艦爆と異なり、尖《とが》った機首を持つが、これは盟邦・英国から導入した液冷エンジン「ロールスロイス・マーリンXX」を装備しているためだ。

日本では、愛知《あいち》航空機が生産を担当し、「熱田《あつた》」二一型の名称で、制式採用されている。

虎の子《とらのこ》の機体だが、三航戦は敢えてこの新型機を、敵機動部隊がいる可能性が最も高い、硫黄島の南南東に向けて出撃させていた。

機長と偵察員を兼任する秋永克彦《あきながかつひこ》中尉は、数秒置きに、左右の海面に目を配っている。

二式艦偵の巡航速度は時速四二五キロ。九七艦攻や九九艦爆より、一三〇キロ以上優速だ。

速度感覚が違うため、海面の敵艦隊を見落としてしまう危険がある。それを防ぐには、絶えず海面の様子に気を配り、どれほど小さな影も見落とさぬよう努める以外にない。

「現在位置、硫黄島よりの方位一四〇度、一三五浬。母艦からの方位三四五度、一八〇浬。変針地点まで四〇浬だ」

「およそ一〇分後に変針となります」

秋永の言葉を受け、操縦員を務める宇田浩一郎《うだこういちろう》飛行兵曹長が返答した。

日本海軍 二式艦上偵察機

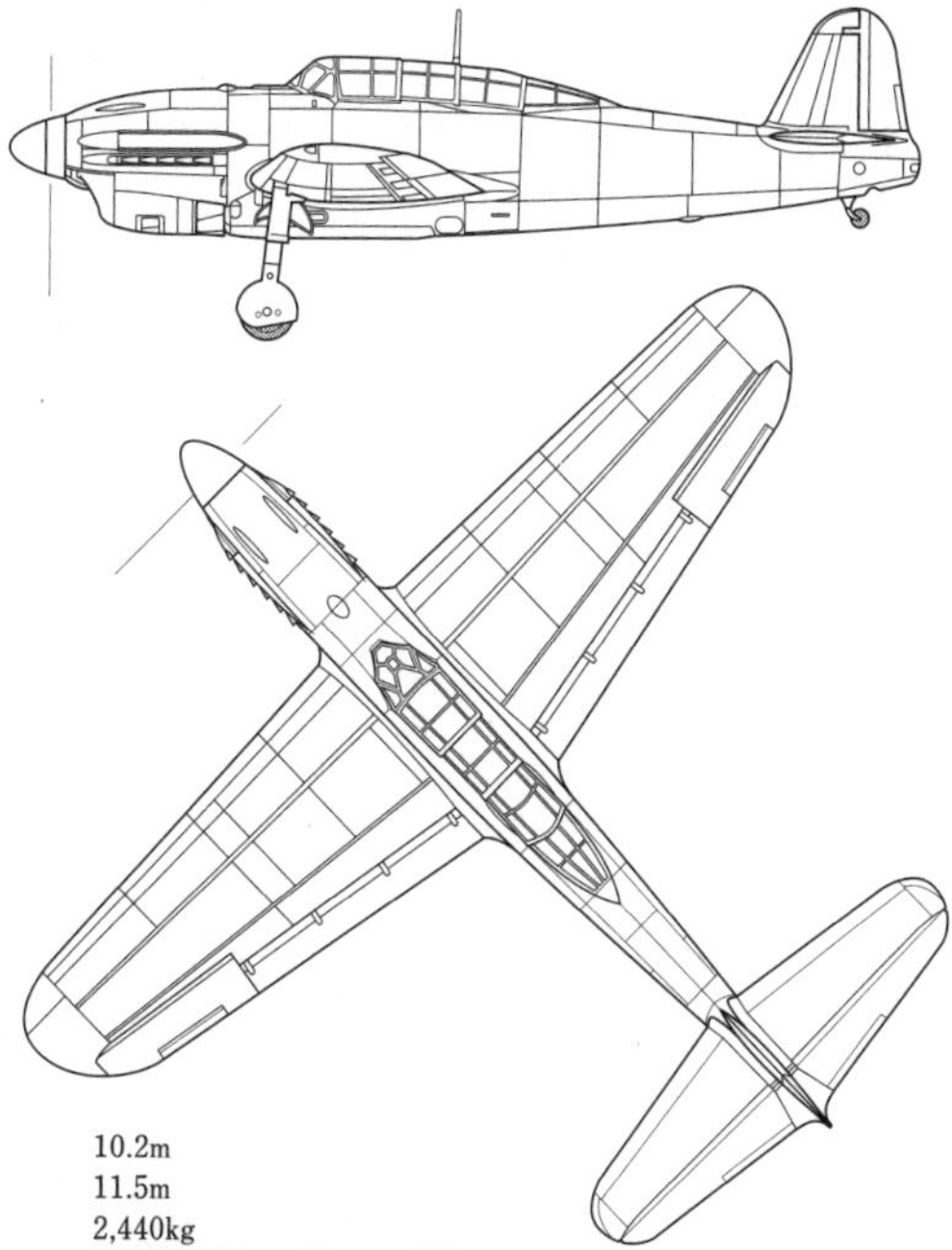

全長	10.2m
翼幅	11.5m
自重	2,440kg
発動機	愛知「熱田」二一型 1,240馬力
最大速度	542km/時
兵装	7.7mm機銃×2丁（機首）
	7.7mm機銃×1丁（後上方旋回）
乗員数	2名

本機の原型機は、十三試艦上爆撃機と呼ばれ、海軍航空技術廠が現在の最先端技術を随所に盛り込んだ高速艦上爆撃機である。特筆すべきは搭載する液冷エンジン「熱田二一型」で、これは英国のロールスロイス社マーリンXXエンジンをライセンス生産したものである。1,240馬力の大出力により、本機は最高速度542キロという戦闘機なみの高速力を得た。

この高速力に着目した海軍上層部は、艦上偵察機型を先行して開発するよう命じ、二式艦上偵察機として制式採用したものが本機である。

着艦速度が大きいなど、やや運用が難しい一面もあるが、卓越した高速力と航続性能は、艦隊の目として戦況を左右すると期待されている。

「雲龍」の飛行長からは、「索敵の進出距離は二〇〇浬」と命じられている。

二式艦偵の航続性能なら、三〇〇浬以上の進出も可能だが、貴重な機体を預かる身だ。命令を遵守《じゅんしゅ》し、二式艦偵を持ち帰ることを優先すべきだった。

チャートから顔を上げ、右方を見たとき、秋永は水平線付近に小さな黒点を見出した。

一つだけではない。四つが見える。

「宇田、右旋回！」

「右に旋回します」

秋永の命令を、宇田が復唱する。

二式艦偵が右に大きく傾き、旋回する。主翼が小さく、翼面荷重が大きいため、旋回半径は大きい。

直進に戻ったときには、黒点の数は八つに増えている。

秋永は、慌ただしく無線機のキーを叩いた。

「敵ラシキモノ八隻見ユ。位置、『硫黄島』ヨリノ方位一四〇度、一三五浬。〇八〇九《マルハチマルキュウ》」

と打電した。

打電を終えたときには、二式艦偵は「敵らしきもの」との距離を詰めている。

艦の数は一〇隻以上に増え、隊列の中央に、まな板のような形状の艦二隻が見える。

航跡から見て、南に向かっているようだ。

「大当たりだ！」

秋永は叫んだ。

「発見セル敵ハ空母二隻ヲ伴フ。敵針路一八〇度。〇八一二《マルハチヒトフタ》」

無線機のキーを叩き、打電を終えた直後、宇田が叫んだ。

「左前方、敵機！」

「避退しろ！　もう、ここに用はない！」

秋永は、大声で命じた。

無線機のキーから手を放し、七・七ミリ旋回機銃の銃把《じゅうは》を握った。

グラマンF4F〝ワイルドキャット〟の太くずん

ぐりした機体が四機、二式艦偵の左前方から、行く手を塞ぐように迫って来る。

七・七ミリ機銃一丁で、どうにかできる相手ではないが、二式艦偵には、Ｆ４Ｆに優るものがあった。

機体が右に大きく傾き、旋回する。

旋回に伴い、速力が低下した二式艦偵の後方から、Ｆ４Ｆが追いすがって来る。

フル・スロットルの爆音と共に、二式艦偵が加速された。後ろを向いている秋永が、思わず前にのめるほどの急加速だった。

一瞬遅れて、Ｆ４Ｆ一番機の両翼に閃光がきらめいた。

一二・七ミリ弾の青白い曳痕が、二式艦偵を包み込むように殺到して来る。「雲龍」の搭乗員たちも言っていたが、弾道の直進性に優れ、射程が長い。

（当たる！）

秋永が背筋に冷たいものを感じたとき、敵弾は下方に逸れた。

二式艦偵は、ぎりぎりのところで敵弾をかわしたのだ。

Ｆ４Ｆ四機が、猛々しい爆音を轟かせて追って来る。獲物を嚙み伏せんとする、猟犬《りょうけん》さながらの動きだが、二式艦偵との距離はみるみる開いていく。

「よし……！」

秋永は、額《ひたい》の汗を拭《ぬぐ》った。

愛知「熱田」二一型エンジンの出力は一二四〇馬力。九九艦爆が装備する「金星《きんせい》」四一型の一割五分増しだ。

前面投影面積の縮小、主翼の小型化等による空気抵抗の大幅な低減にも成功しており、最大時速は五四二キロに達する。主力艦戦の零戦を上回る速度性能だ。

二式艦偵は、この足の速さを活かして、Ｆ４Ｆを振り切ったのだった。

敵機が完全に見えなくなったところで、秋永は三度目の報告電を打った。

「我、敵機ノ攻撃ヲ受ク。サレド離脱ニ成功セリ。○八二三《マルハチフタサン》」

硫黄島よりの方位一五〇度、三〇〇浬の海面では、四隻の空母から、続々と艦上機が発進しつつあった。

第五航空戦隊の「翔鶴」「瑞鶴」と第三航空戦隊の「雲龍」「海龍」が、風上に艦首を向け、三〇ノットの速力で突進する。

乗組員が帽振れで見送る中、零戦、九九艦爆、九七艦攻が飛行甲板を駆け抜け、前縁を蹴る。発艦した機体は、一旦大きく沈み込むが、すぐに機首を上げ、上昇してゆく。

「翔鶴」「瑞鶴」からは、零戦一八機、九九艦爆一八機ずつ、合計七二機。「雲龍」「海龍」からは零戦九機、九七艦攻一八機ずつ、合計五四機。

計一二六機が第一次攻撃隊として、硫黄島南東海上の敵艦隊に向かう。

四隻の空母の前方では、複葉、固定脚の機体が、露払《つゆはら》いのように飛び回っている。

第六航空戦隊の小型空母「祥鳳」「瑞鳳」から発艦した、九六式艦上爆撃機だ。

九九艦爆の三年前に制式化された旧式機で、最大時速は三〇九キロと遅く、第一線で使用できる機体ではないが、機動部隊では対潜哨戒の役割を務めている。

六航戦の二隻は、艦戦と対潜哨戒用の機体のみを搭載しており、四艦隊の直衛《ちょくえい》に専心《せんしん》することとなっていた。

攻撃隊の発進は、二〇分ほどで終わった。

上空では、しばらく爆音が轟いていたが、やがて遠ざかり始めた。

戦爆雷合計一二六機の機影が、小さく、遠くなって行く。

四隻の正規空母の格納甲板と飛行甲板では、早くも第二次攻撃に向けての準備が始められていた。

「先手は取ったな」

攻撃隊が見えなくなると、第四艦隊司令長官小沢治三郎中将は、幕僚たちを振り返って微笑した。

「敵空母は、僅か二隻です。一気に畳《たた》みかけましょう」

参謀長の草鹿龍之介少将が、意気込《いきご》んだ様子で言った。

数はこちらが上回る上、先制の利も得ている。もう勝ったも同然だ――そんな楽観が見て取れた。

「硫黄島近海にいる空母が、発見された二隻だけとは限りません。油断は禁物です」

航空甲参謀淵田美津雄《ふちだみつお》中佐の意見に、首席参謀高田利種《たかだとしたね》大佐が反論した。

「現時点で米軍が保有する空母は五隻だ。あまり多くの空母を硫黄島攻撃に回したのでは、太平洋艦隊主力の守りが手薄になる。先に発見された二隻以外に、硫黄島近海に敵空母がいるとは考え難い」

「索敵機の報告を待とう。三隻目の敵空母が発見された場合には、第二次攻撃隊をそちらに向ける」

小沢が言った。

「我が四艦隊の役目は、後顧の憂いを断つことだ」

と付け加えた。

三艦隊の南雲忠一司令長官から、直接無線電話機による連絡が来たとき、小沢は躊躇うことなく、

「硫黄島近海の敵機動部隊は、四艦隊が引き受けます」

と申し出た。

米太平洋艦隊は、主力部隊でサイパン、テニアンへの攻撃を狙う一方、硫黄島攻撃を担当した機動部隊で、二、三、四艦隊を背後から襲うつもりだ、と推測したのだ。

このままサイパンに向かえば、日本艦隊は南北から挟撃《きょうげき》される恐れがある。

それを防ぐためには四艦隊が残り、硫黄島沖の敵を撃滅した方がよい。

小沢の申し出を聞いた南雲は、

「感謝する。硫黄島沖の敵を片付けたら、四艦隊も速やかにサイパンに移動して欲しい」

と伝え、三艦隊を率いて、サイパンへと向かって行ったのだ。

小沢としては、二、三艦隊の背後を守る他に、腕試しをしたい、という気持ちもある。

連合艦隊の山本司令長官や大西参謀長と同じく、小沢もまた航空主兵思想の信奉者だが、実際に機動部隊を率いて前線で指揮を執るのは初めてなのだ。

「海軍きっての知将」といった評価は、作戦研究や図上演習によって得たものに過ぎない。

「俺は、稽古場横綱《けいこばよこづな》にはならぬ」

との思いは、四艦隊の長官に任じられる以前から持っていた。

敵機動部隊と戦う機会を得られたことは、小沢にとっては実戦経験を積むと共に、自身の実力を試す好機でもあったのだ。

「攻撃隊指揮官機より受信！」

不意に、通信室より報告が上げられた。

(敵発見の報告ではないな)

小沢は、時計を見上げて直感した。

発見された敵艦隊と第四艦隊の距離は一八〇浬。攻撃隊が迷うことなく、敵の頭上に到達するとしても、約一時間半を要する距離だ。

攻撃隊が進撃を開始したのは八時四〇分、現在の時刻は九時一一分だから、敵艦隊に到達することはあり得ない。

続いて上げられた報告を受け、しばし艦橋の空気が張り詰めた。

報告電は、次のように伝えていたのだ。

「索敵機ラシキ敵一機、貴方ニ向カフ。〇八五八《マルハチゴハチ》」

3

「後方に回り込んで来るとはな」

第一次攻撃隊の総指揮官を務める高橋赫一《たかはしかくいち》少佐は、

右前方の海面を見下ろして呟いた。

二隻の空母を中心とした機動部隊だ。

十数隻の巡洋艦、駆逐艦が周囲を囲んでいる。

報告電には「敵針路一八〇度」とあったが、現在は南東に向かっている。

硫黄島への攻撃を終え、太平洋艦隊の主力に合流しようとしているのだろう。

（空母の使い方は、米軍の方が上手《うま》いんじゃないのか）

そんな考えが脳裏に浮かぶ。

過去、二度の海空戦――ルソン沖海戦とパラオ沖海戦は真っ向勝負だった。

ルソン沖海戦では米アジア艦隊を正面から迎え撃ち、パラオ沖海戦では米太平洋艦隊から分派された機動部隊を正面から迎撃し、撃退した。

どちらの海戦も日本側が勝利を得たが、「空母の機動力を活かし、敵が想定していなかった場所を痛撃する」という戦い方はしていない。


一方の米軍は、開戦劈頭《へきとう》のトラック奇襲、今回の硫黄島空襲と、日本軍の手薄な場所を選んで攻撃し、成果を上げている。

機略縦横《きりゃくじゅうおう》の見本のような戦い方だ。

後方を衝かれたという忌々《いまいま》しさも感じるが、それ以上に羨望《せんぼう》を覚えるような戦いぶりと言えた。

だが、それは命取りにもなる。

米軍の機動部隊は、太平洋艦隊本隊から離れた場所で、空母六隻を擁する第四艦隊の攻撃を受けることになったのだ。

「隊長、敵の直衛は見当たりません」

偵察員の小泉精三《こいずみせいぞう》中尉が言った。

「妙だな」

高橋は首を傾げた。

パラオ沖海戦ではＦ４Ｆの激しい迎撃を受けたし、ルソン沖海戦でも、Ｆ４Ｆの抵抗は激しかったと聞いている。

日本軍も、米軍も、共に電探を装備しており、航空機による奇襲はほぼ不可能になっている。空襲の前には、出せる限りの戦闘機を出すのが常だ。

だが、今回に限っては、F4Fの姿が見えない。

「攻撃する！」

鬼の居ぬ間だ——内心で呟きながら、高橋は叫んだ。

「高橋一番より全機へ。敵発見。突撃隊形作れ」

「『翔鶴』隊、『雲龍』隊、目標一番艦。『瑞鶴』隊、『海龍』隊、目標二番艦」

「三航戦の艦戦隊は、艦攻の近くに展開せよ。敵の直衛が、低空で待機している可能性がある」

高橋は、続けざまに三つの命令を下した。

開戦後の半年間で、艦上機への無線電話機の装備が進み、現在では音声で全機に指示を伝えられる。

最後の命令は、パラオ沖海戦の戦訓を汲《く》み取ったものだ。同海戦では、F4Fが低空で待機しており、雷撃のために高度を下げた艦攻が多数、撃墜されたためだ。

「翔鶴」の艦爆隊が、九機ずつ二隊に分かれ、斜め単横陣《たんおうじん》を形成する。五航戦の僚艦「瑞鶴」の艦爆隊も、「翔鶴」隊に倣う。

三航戦の艦攻隊は、「雲龍」隊と「海龍」隊に分かれ、敵艦隊の左右に回り込みつつ高度を下げる。

高橋が「全軍突撃せよ」を下令しようとしたとき、艦戦隊の動きに変化が生じた。

「翔鶴」隊、「瑞鶴」隊のうち、半数が右に旋回し、上昇する。あたかも、太陽に向かうような動きだ。

「いかん、敵機だ！」

高橋は状況を悟った。

F4Fは亜熱帯圏の陽光を隠《かく》れ蓑《みの》とし、攻撃する機会をうかがっていたのだ。

「高橋一番より全機へ。全軍、突撃せよ。右上方の敵機に厳重注意！」

麾下の全機に命令と警報を送ったときには、F4Fのずんぐりした機体が、陽光の中から湧き出すように出現している。

急降下爆撃さながらの急角度を取り、猛々しい爆音を轟かせながら突っ込んで来る。

上昇した零戦が、Ｆ４Ｆに挑みかかった。

降下するＦ４Ｆの面前に突き出すように、両翼の二〇ミリ機銃から火箭がほとばしる。

Ｆ４Ｆ一機が、自ら二〇ミリ弾の中に突っ込む形になり、エンジン・カウリングからコクピットにかけて射弾を浴びる。

続いて二機が被弾し、機首から黒煙を噴き出す。

二〇ミリ弾を喰らったＦ４Ｆは、急降下の姿勢を崩すことなく、炎と黒煙を引きずりながら、海面へと落下する。

零戦が墜としたＦ４Ｆは三機だけだ。残りは艦爆隊に向かって来る。

艦爆隊の近くに占位していた零戦が、次々と機体を翻《ひるがえ》し、正面からＦ４Ｆに立ち向かう。

Ｆ４Ｆの両翼に発射炎が閃き、四条の火箭がほとばしる。

一二・七ミリ弾に主翼の中央を貫かれた零戦が、二〇ミリ弾倉の誘爆を起こし、木っ端微塵《こっぱみじん》に砕ける。

主翼の付け根に被弾した零戦は炎をしぶかせ、黒煙を引きずりながら姿を消す。

Ｆ４Ｆの突っ込みをかわした零戦は、真横や後方からの反撃を試みる。

胴体後部に二〇ミリ弾を喰らったＦ４Ｆは、大きくよろめきながら高度を落とし、左主翼に直撃を受けたＦ４Ｆは、主翼の七割ほどを吹き飛ばされ、錐《きり》揉《も》み状に回転しながら墜落する。

零戦に背後を取られたＦ４Ｆのほとんどは、旋回格闘戦に入ろうとしない。

零戦の旋回性能が非常に高いことを、過去の戦闘で学んだようだ。零戦を振り切り、艦爆隊に向かって来る。

「来るぞ。応戦しろ！」

高橋は、麾下全機に呼びかけた。

進撃中なら、機体同士の間隔を詰め、弾幕射撃を浴びせるところだが、既に急降下爆撃に備えて展開中だ。

個別に、応戦するしかない。

Ｆ４Ｆ一機が高橋機の右上方から突っ込んで来る。両翼に発射炎が閃く寸前、高橋は操縦桿を右に倒す。敵機の内懐《うちぶところ》に飛び込む格好だ。

Ｆ４Ｆの射弾は高橋の頭上を通過し、左方へと抜ける。

続けて、Ｆ４Ｆの機体が風を巻き起こしながら、高橋機の真上をかすめて離脱する。小泉が射弾を浴びせたのだろう、七・七ミリ機銃の連射音が届くが、Ｆ４Ｆが火を噴くことはない。

「一中隊、二機被弾！　二中隊、一機被弾！」

小泉が、味方機の被害を報告する。

Ｆ４Ｆの攻撃は、なおも続く。二機が、高橋機の右前上方から突っ込んで来る。

「喰らえ！」

高橋は叫びと同時に機首を引き起こし、発射把柄を握った。目の前に発射炎が閃き、二条の細い火箭がほとばしった。

七・七ミリ固定機銃二丁の銃撃だ。破壊力は小さいが、牽制《けんせい》程度にはなる。

Ｆ４Ｆ一機が、射撃の時機を狂わされたのか、射弾を放つことなく下方へと消える。

続いて降下して来たＦ４Ｆに、零戦が横合いから射弾を浴びせる。二〇ミリ弾の太い火箭が、Ｆ４Ｆの太い胴を一薙ぎし、外鈑の破片が飛び散る。

胴体を大きく引き裂かれたＦ４Ｆは、よろめきながら姿を消す。

「二中隊二機被弾！」

小泉が、新たな被害を報せる。

被撃墜機はこれで五機だ。「翔鶴」隊は、敵に取り付く前に三分の一近くを失ったことになる。

Ｆ４Ｆの攻撃は、それで終わりだった。

代わって、対空砲火が艦爆隊を出迎えた。

正面に多数の爆発光が閃き、黒雲を思わせる煙が湧き出す。

艦爆隊の前方に漂い流れる爆煙が、搭乗員の視界を遮る。

「正面の二隻、対空砲火激しい」

「了解！」

小泉の言葉を受け、高橋は操縦桿を左に倒し、「翔鶴」隊を左方へと誘導した。

海面に目をやると、二隻の敵艦が、艦首から艦尾までを真っ赤に染め、多数の射弾を撃ち上げている様が目に入る。

(防空艦か？)

高橋は、敵艦の正体を推察した。

帝国海軍にも、対空戦闘を専門とする艦の計画はある。最初の艦は、間もなく竣工すると聞いている。

米軍は一足早く、対空戦闘を専門とする艦を前線に投入して来たのだ。

後方に火焔が躍り、風防ガラスが赤く染まる。

「一中隊、一機被弾！」

小泉が、悲痛な声で報告する。

「翔鶴」隊の喪失はこれで六機。三分の一を墜とされたことになる。

「ここまで来れば――」

高橋は、眼下の敵艦を見て呟いた。

「翔鶴」隊に指示した敵空母の一番艦は、面舵を切っている。「翔鶴」隊の真下に潜り込もうとする格好だ。

「高橋一番より『翔鶴』隊、突っ込め！」

高橋は、直率する「翔鶴」隊に下令した。

左主翼の前縁が敵空母の飛行甲板に重なるや、操縦桿を前方に押し込んだ。

九九艦爆の機首が大きく傾き、空や雲、爆煙が視界の上方に吹っ飛んだ。代わって敵空母が、正面に移動した。

「翔鶴」の艦爆隊が狙ったのは、第二任務部隊《TF2》旗艦

「カウペンス」だった。

艦番号はCV8。ヨークタウン級空母の六番艦として竣工した艦だ。開戦時は大西洋艦隊に所属していたが、キンメル太平洋艦隊司令長官の要請に従い、姉妹艦の「モントレイ」と共に太平洋に回航され、TF2に配属された。

キンメルの希望は三隻だったが、アーネスト・キング大西洋艦隊司令長官が断固として認めず、最終的にスターク作戦本部長の決定で、二隻が太平洋艦隊に回されたのだ。

艦長ジョン・W・リーブス大佐は、右前方から突っ込んで来る日本機を見て、既に「面舵一杯！」を命じている。

基準排水量一万九九〇〇トンの艦体は、海面を弧《こ》状《じょう》に大きく切り裂きながら、降下して来る九九艦爆《ヴァル》の真下に艦首を突っ込んで行く。

左右両舷に二基ずつが装備されている一二・七センチ連装両用砲は、砲身に最大仰角をかけ、四秒置きに射弾を上空に撃ち上げている。

司令官ウィリアム・ハルゼー少将は、新たな指示を出さない。司令官席に腰を下ろしたまま、戦況を見守っている。

「ヴァル来ます！　一番機、高度六〇〇〇（フィート。約一八〇〇メートル）！　その後方にも一〇機以上！」

見張員が大音声《だいおんじょう》で叫ぶ。

砲声に混じり、ダイブ・ブレーキの甲高《かんだか》い音が聞こえて来る。狙われている側にとっては、死神の呼び声に等しい。

「九七艦攻《ケイト》、右九〇度より一〇機以上。距離、五〇〇〇（ヤード。約四五〇〇メートル）！」

「艦長より砲術。両用砲目標ケイト。機銃目標ヴァル！」

報告を受けたリーブスが、射撃指揮所に命じる。

最大仰角をかけて砲撃を繰り返していた一二・七センチ両用砲が一時沈黙し、砲身を水平に近い角度まで倒す。

　数秒後、一二・七センチ両用砲の砲声と、二八ミリ四連装機銃の連射音が、同時に響き始める。

　ヨークタウン級空母は開戦時、二八ミリ四連装機銃四基と一二・七ミリ単装機銃二四基を装備していたが、リンガエン湾海戦とバベルダオブ沖海戦の戦訓が取り入れられ、二八ミリ四連装機銃を一二基に増強している。

　四八丁もの二八ミリ機銃が一斉に火を噴く様は、飛行甲板の縁で火災が起きたかと錯覚《さっかく》させるほどであり、一つに響き合わさる連射音は、艦が上げる巨大な咆哮のようだった。

「ヴァル一機撃墜！　また一機撃墜！」

　見張員が、歓声混じりの報告を上げる。

　敵機は、ひるんだ様子を見せない。ダイブ・ブレーキの甲高い音は、急速に拡大する。

　対空火器の発射音と敵機のダイブ・ブレーキ音は、他の全ての音をかき消さんばかりだ。

　金属的な爆音が、「カウペンス」の頭上を通過した。一機だけではない。二機、三機と通過した。

　三機目が通過した直後、「カウペンス」の右舷至近に敵弾が落下した。

　五〇〇ポンドクラスらしく、爆圧はさほどでもないが、弾着位置は近く、水柱は手が届きそうなほど近い。

　二発目、三発目と、敵弾の落下は連続する。

　一度ならず至近距離に落下するが、直撃弾はない。「カウペンス」は、ぎりぎりのところで敵弾をかわしている。

「行けるか？　どうだ？」

　自問するようにハルゼーが呟いたとき、後甲板に直撃弾の閃光が走り、火焔と共に無数の破片が噴き上がった。

　続けて、左舷中央付近に一発が命中する。

　爆発光が閃くと同時に、増設された二八ミリ四連装機銃がスポンソンごと消え去り、飛行甲板の縁が大きく抉《えぐ》られている。

更に三発目が、前甲板に命中する。再び炎と共に無数の破片が飛び散り、黒煙が噴き上がる。

(嫌な音だ)

ハルゼーは、思わず顔をしかめた。

直撃弾の炸裂音や衝撃は、バベルダオブ沖海戦で経験している。音と衝撃は、炎上する空母の姿を、否応なく思い起こさせる。

合衆国海軍は過去の戦訓を取り入れ、機動部隊の防空態勢を強化した。

多数のF4Fで頭上を、新型防空軽巡の「アトランタ」「ジュノー」で前方を、それぞれ守り、空母自体にも多数の防御火器を増設した。

それでも、三発が直撃したのだ。

ヴァルのクルーは技量が高い。それだけではなく、死を恐れない。そのことを、ハルゼーは思い知らされていた。

「ケイト、本艦正面!」

見張員が、新たな報告を上げる。

「カウペンス」の右正横から向かって来たケイトだが、艦の回避運動に伴い、艦首を向ける形になったのだ。

「戻せ。舵中央!」

「アイアイサー。舵中央!」

リーブスの命令を、航海長トーマス・ブラッジョン中佐が復唱する。

「両舷前進全速!」

急速転回していた「カウペンス」が直進に戻るや、リーブスが機関長サミー・クロフト中佐に命じる。

直進に戻った「カウペンス」は、最大戦速でケイトの正面から突進する。

「カウペンス」の挑戦を受けるかのように、ケイトの下腹から細長いものが次々と投下された。

魚雷を発射し終えたケイトは速力を上げ、「カウペンス」の左右を通過する。

二八ミリ四連装機銃が射弾を放つが、捉えられるケイトはない。敵機は海面すれすれの超低空飛行で、火箭の下をかいくぐっている。

あたかも、曲芸飛行のような動きだ。先に三発を命中させたヴァルといい、日本軍には腕のいいクルーが揃っている。

できることなら、あいつらを俺の部下にしたいものだ――そんな想念が、ハルゼーの脳裏に浮かんだ。

「カウペンス」の正面から多数の雷跡が迫る。

艦は回避の動きを見せない。自らの艦首を魚雷にぶつけるように、突っ込んで行く。

やがて――。

「雷跡、後方に抜けました!」

後部見張員が報告を上げ、「カウペンス」の艦橋には歓声が上がった。

ヴァルの急降下爆撃は防げなかったが、被雷は辛《から》くも防いだのだ。

「『モントレイ』はどうだ?」

ハルゼーは、TF2に所属するもう一隻の空母の名を口にした。

回避運動に伴い、「モントレイ」は死角に入ったため、目視による確認はできないのだ。

「『モントレイ』より報告。飛行甲板に五発命中。魚雷命中なし。航行には支障なきも発着艦不能」

通信長のフィリップ・ホーリス中佐が報告を上げた。

「かわしきれなかったか」

ハルゼーは、天を振り仰いだ。

二隻の空母が致命傷を受けなかったのは喜ぶべきことだが、飛行甲板をやられたのでは、直衛機を収容できなくなる。

空母を守ってくれたF4Fクルーに不時着水を強いるのは忍びない。

「艦長、F4Fの収容だけでもできぬか?」

「少しお待ちを」

ハルゼーの問いを受け、リーブスはダメージ・コントロール・チームのチーフを呼び出した。

慌ただしく命令を伝え終わると、ハルゼーに向き直った。

「後甲板の破孔さえ塞げば、収容は可能です。三〇分で孔を塞ぐよう、チームに命じました」

「分かった。直衛機には、三〇分だけ上空で待機するよう伝えてくれ。燃料切れが近い機体、クルーが負傷している機体は、駆逐艦か巡洋艦の近くに不時着水させろ。クルーだけは必ず助けるよう、各艦に通達だ」

ハルゼーは、参謀長のマイルズ・ブローニング中佐に命じた。

(裏目《うらめ》に出やがった)

賭に破れたことを、ハルゼーは悟っている。

「TF2を率いて硫黄島《イオージマ》に接近し、『カウペンス』『モントレイ』の艦上機で、同地の飛行場を叩いて貰いたい」

キンメル太平洋艦隊司令長官から受けたこの命令を、ハルゼーは二つ返事で引き受けた。

硫黄島は、マリアナ諸島よりも日本本土に近く、危険が大きい。

日本軍の機動部隊の他、日本本土の航空部隊による攻撃も懸念《けねん》される。

その一方、手薄な場所を衝く効果も期待できる。

硫黄島は、マリアナへの中継点として重要な場所だが、暗号解読によって探った結果、同地に配備されている航空兵力は少ない。

合衆国軍がマリアナの後方に回り込んで攻撃して来る可能性を、日本軍は想定していないようだ。

「危険な任務は望むところです。是非、やらせていただきたい」

ハルゼーはキンメルにそう言い置いて、TF2と共に、硫黄島近海に向かった。

硫黄島攻撃そのものは成功を収めた。

同島に二箇所が設けられていた日本軍飛行場は、ただ一度の攻撃で使用不能となり、攻撃隊の損害は、F4F三機、ダグラスSBD〝ドーントレス〟一機だけだった。

ハルゼーの誤算は、日本軍の機動部隊が思いがけず近くにいたことだ。

「念のために」

と、TF2の南から南西に向かわせた偵察機の一機が、マリアナ諸島アグリハン島の西方海上に、空母六隻を擁する日本艦隊を発見したのだ。

TF2もまた日本軍の偵察機に発見されたところから、予期せぬ機動部隊同士の戦闘が生起し、結果、「カウペンス」「モントレイ」を発着艦不能に陥れられたのだった。

「まだ終わっていないぞ、ジャップ。我が軍がやられっ放しではいると思ったら、大間違いだ」

ハルゼーは、一八〇浬遠方にいる日本艦隊に呼びかけた。

TF2も日本艦隊に向け、F4Fとドーントレス合計八〇機から成る攻撃隊を放っている。

彼らも、そろそろ日本艦隊に取り付くはずだ。

4

「対空用電探、感三。方位一五度、七〇浬」

戦艦「赤城」の艦橋に、電測長小出俊二《こいでしゅんじ》大尉の報告が上げられた。

「旗艦に信号。『対空用電探、感三。方位一五度、七〇浬』」

「赤城」艦長有馬馨《ありまかおる》大佐は、信号長の岩佐芳明《いわさよしあき》兵曹長に命じた。

開戦前は、「長門」「陸奥」の二戦艦と共に第一戦隊を編成し、輪番で連合艦隊旗艦を務めた「赤城」だが、今年一月の大規模な編成替えに伴い、第四艦隊の指揮下に入っている。

第四艦隊の旗艦「翔鶴」も、対空用電探を装備しているが、空母はアンテナの位置が低いため、まだ目標を探知していない可能性がある。

有馬はそのことを考慮し、「翔鶴」への連絡を命じたのだ。

「『翔鶴』より返信。『信号了解』」

との報告が上げられる。

「上空警戒第一配備」

が、四艦隊司令部より命じられ、

「六航戦、『祥鳳』『瑞鳳』転舵します！」

後部見張員が報告する。

ほどなく、後方から爆音が聞こえ始め、見慣れた零戦の機影が、次々と「赤城」の頭上を通過する。

機数は四〇機前後だ。「祥鳳」「瑞鳳」は、艦戦を二四機ずつ搭載しているから、艦戦のほとんどが出撃したことになる。

「赤城」の艦上に、新たな動きはない。全乗員が、既に所定の戦闘配置に就いている。

（どこまで敵を防げるか）

有馬は、第四艦隊の隊列を脳裏に思い描いた。

空母の護衛に当たるのは、「赤城」と第七戦隊の最上《もがみ》型軽巡四隻、第一二戦隊の軽巡洋艦「阿武隈《あぶくま》」と駆逐艦一二隻だ。

「赤城」は隊列の先頭に立って、間もなく来襲するであろう敵機に睨みを利かせ、七戦隊の最上型四隻は、それぞれ正規空母に張り付く形を取っている。

「赤城」は近代化改装の際、一四センチ単装副砲を全廃して対空兵装を強化したため、高角砲、機銃の装備数は、他の護衛艦艇よりも多い。

六隻の空母にとっては、最も頼もしい護衛役となるはずだが、「赤城」の対空兵装がどこまで役立つかは、戦ってみなければ分からない。

「砲術より艦長。右前方、敵機。機数、約八〇！」

「旗艦に信号。『右前方、敵機。機数、約八〇』」

射撃指揮所に詰めている砲術長永橋為茂《ながはしためしげ》中佐が報告を上げ、有馬は岩佐信号長に下令した。

前部二基の四〇センチ連装主砲塔は、沈黙を保っている。

内地では、戦艦や重巡の主砲から発射し、敵機を一網打尽《いちもうだじん》にできるという触れ込みの「三式弾《さんしきだん》」が実用化され、金剛《こんごう》型戦艦に搭載されているが、四〇センチ砲用の三式弾は未配備だった。

「艦長より砲術、射撃開始の時機判断は任せる」

「射撃開始の時機は、指揮所にて判断します」

永橋は、有馬の指示を復唱した。

敵編隊が近づいて来る。

進撃中は整然たる編隊形を組んでいたのだろうが、今は大きく前後に伸びている。零戦との空中戦で、編隊をかき乱されたのだろう。

「そろそろ来るか？」

有馬が呟いたとき、艦橋の後方で砲声が轟いた。

数秒の間を置いて、敵編隊の面前で次々と爆炎が湧き出し、黒煙が漂い流れた。

「赤城」の高角砲は、一二・七センチ連装砲四基八門、同単装砲一六基一六門。

それらのうち、敵機を射界に捉えたものが砲撃を開始したのだ。

砲声は、切れ間なく轟く。

直径一二・七センチ、重量二三キロの一二・七センチ砲弾が、秒速七二〇メートルの初速度で、五秒から六秒置きに発射され、輪型陣《りんけいじん》の突破を図る敵機に殺到する。

「敵一機撃墜！　また一機撃墜！」

艦橋見張員が、歓声混じりの報告を上げる。

敵機は、僚機の被弾と墜落を目の当たりにしながらも、第四艦隊に接近して来る。

爆音が拡大し、「赤城」の頭上を圧する。あたかも、高角砲の猛射を圧殺《あっさつ》せんとしているかのようだ。

「砲術、もっと撃て！　どんどん撃て！」

有馬は、射撃教範《きょうはん》にない命令を永橋に送った。

一二・七センチ高角砲の砲声に、やや小さい砲声も混ざり始める。

一二基を装備する七・六センチ単装高角砲が、射撃を開始したのだ。

「赤城」は左右両舷を真っ赤に染め、大小二種類の砲弾を間断《かんだん》なく撃ち上げる。

艦の前方から真上にかけて、次々と爆発光が閃き、黒々とした爆煙が敵機の前方を塞ぐ。

「赤城」だけではない。

右後方に布陣する第一六駆逐隊の「初風《はつかぜ》」「雪風《ゆきかぜ》」と第一八駆逐隊の「霞《かすみ》」「霰《あられ》」も、一二・七センチ連装砲に最大仰角をかけ、砲撃を開始する。

敵機が左右に分かれ、「赤城」の左と右を迂回した。あたかも「赤城」の巨体が、敵編隊を断ち割ったようだった。

一二・七センチ高角砲、七・六センチ高角砲が旋回し、敵編隊の斜め前方、あるいは横合いから射弾を浴びせる。

一六駆、一八駆の駆逐艦四隻も同様だ。

敵機の迂回行動に伴い、艦後部の一二・七センチ連装砲も敵機を射界に捉えたのだろう、砲口に発射炎を閃かせ、五秒から六秒置きに射弾を放つ。

「砲術、五航戦を援護しろ！」

有馬は永橋に命じた。

六隻の空母は、二列の複縦陣《ふくじゅうじん》を組んでいる。右に「翔鶴」「海龍」「祥鳳」、左に「瑞鶴」「雲龍」「瑞鳳」の並びだ。

敵機は、空母群の先頭に位置し、かつ最も目立つ「翔鶴」と「瑞鶴」を狙うと予測したのだ。

「六分隊が『翔鶴』を、七分隊が『瑞鶴』を援護します」

永橋は、各隊の分担を報告した。

右舷側の高角砲が右後方に、左舷側の高角砲が左後方に向けられ、「翔鶴」と「瑞鶴」に、高角砲弾の傘《かさ》を差し掛ける。

空母を狙う敵機は、「赤城」の高角砲と駆逐艦四隻の一二・七センチ砲、空母自身の高角砲に出迎えられる格好だ。

「七戦隊、『最上』『三隈《みくま》』撃ち方始めました！」

後部見張員が報告を上げる。

「翔鶴」と「瑞鶴」の真横に布陣する二隻の軽巡が、対空戦闘に加わったのだ。

当初は、一五・五センチ三連装砲五基を装備する重火力の軽巡として計画されたが、航空主兵思想への転換が進む時期に建造されたため、対空火力が増強された。

特に一二・七センチ連装高角砲は、計画時の二基から八基に増備され、機動部隊の対空直衛艦としての性格を強めている。

「赤城」が前衛を務め、四隻の駆逐艦が後方を固め、最上型二隻が空母の近くで護衛に付く。

この防空網を突破できる敵機など、ないと思われたが——。

「敵四機、右四五度！　本艦に向かって来ます！」

「敵四機、左六〇度！　本艦に急降下！」

艦橋見張員が、緊張した声で報告を上げた。

「砲術より艦長、機銃にて応戦します！」

「了解！」

永橋の報告に、有馬は即答した。

高角砲は、空母の援護に使用中だ。「赤城」に向かって来る敵機は、近接防御用の火器で阻止する以外にないと永橋は判断したのだ。

高角砲の砲声に混じって、機銃の連射音が響き始める。

高角砲の発射炎を縫《ぬ》うようにして、真っ赤な火箭が噴き延び、敵機を迎え撃つ。

今や「赤城」は、主砲以外の全火器を動員して、敵機に立ち向かっていた。

高角砲の砲声と機銃の連射音が一つに響き合わさった音は、天に向けた巨大な咆哮を思わせた。

「敵機はグラマン！」

見張員が叫んだ直後、右前方から突っ込んで来た敵機の主翼から、青白い火箭がほとばしった。

F４Fの一二・七ミリ弾が上甲板に命中し、火花を散らす。銃撃を終えたF４Fは、機体を翻して離脱する。

反転したF４F目がけ、二五ミリ弾の火箭が飛ぶ。

下腹を二五ミリ弾に抉られたF４Fは、大きくよろめいて海面に突っ込み、飛沫を上げる。

左前方からも、F4Fが向かって来る。

右前方のF4F同様、一二・七ミリ機銃の一連射を浴びせては、機体を翻して離脱する。

「砲術より艦長、右舷側の機銃座二基、左舷側の機銃座一基損傷!」

永橋が報告を送って来る。

(敵も死に物狂いだ)

有馬は、そのことを実感している。

F4Fの一二・七ミリ弾に、戦艦の分厚い装甲鈑《そうこうばん》を貫く力はない。機銃座を使用不能に陥れる程度がせいぜいだ。むしろ、猛烈な対空砲火に墜とされる危険の方が大きい。

それでも、敢えて戦艦に向かって来たのは、多少なりとも「赤城」の対空砲火を減殺し、急降下爆撃機の投弾を成功させようと考えてのことであろう。

「『雲龍』被弾!」

「『海龍』に三発命中。火災発生!」

不意に、切迫した声で報告が飛び込んだ。

「やられたか!」

有馬は、思わず呻《うめ》いた。

「赤城」の対空砲火も、空母群の中央にいる「雲龍」「海龍」までは届かない。

敵機は「赤城」を敬遠し、比較的手薄な三航戦の二隻を狙ったのだ。

「雲龍」「海龍」には第七戦隊の「熊野《くまの》」「鈴谷《すずや》」が張り付き、援護に当たっていたはずだが、被弾は防げなかった。

対空火力を強化されているとはいえ、軽巡だけでは、空母を守るには不充分だったのかもしれない。

「敵機、避退する模様!」

「砲撃止め」

見張員の報告を受け、有馬は永橋に命じた。

全ての高角砲と機銃が沈黙した。

直衛の零戦は、避退する敵機に追いすがり、射弾を浴びせているが、戦闘は終息へと向かっていた。

「後部見張り、『雲龍』『海龍』の被害状況報せ」

「両艦とも火災。『海龍』の方が煙の量が多く、火災規模大と推測されます」

「了解した」

とのみ返答し、有馬は受話器を置いた。

「双方共に空母二隻ずつ、か」

有馬は、彼我の被害状況を口にした。

空襲の少し前、第一次攻撃隊から報告電が届いている。

敵空母一隻に爆弾三発、もう一隻に五発を命中させたとのことだ。

魚雷の命中は報告されていないが、空母は飛行甲板を損傷すれば発着艦不能となる。

現在のところ、痛み分けとなるが――。

「艦長、第二次攻撃隊が間もなく敵艦隊に取り付きます」

飛行長の稲村宏《いなむらひろし》大尉が進言した。

戦艦や重巡の飛行長は、空母の飛行長とは異なり、搭載する水偵の飛行隊長を兼任する。索敵や対潜哨戒、砲戦時の弾着観測では、自ら水偵に搭乗することもある。

昨年一一月のパラオ沖海戦では、「赤城」の弾着観測を務め、勝利に貢献した。

本来の持ち場は飛行甲板や水偵のコクピットだが、有馬は航空戦に関する補佐役を稲村に求めており、艦橋に詰めるよう命じていた。

「敵空母二隻は飛行甲板を損傷していますから、第二次攻撃隊は直衛機に妨《さまた》げられることなく、敵空母を攻撃できると考えられます」

「二隻の敵空母を、仕留められる可能性大ということか」

有馬は、稲村が言いたいことを汲み取った。

第二次攻撃隊は、第一次攻撃隊と同数だ。

傷つき、直衛機を出せない空母に一〇〇機以上の攻撃隊が襲いかかれば、結果は目に見えている。

航空戦の勝利は確実だが――。

「四艦隊の空母は六隻、敵の空母は二隻だ。六対二なら、圧勝できると思っていたが」

「戦いが必ずしも計算通りに運ばないことは、艦長も御存知と思います。特に航空戦は、先手を取れるか否か、部隊の編成、空戦の戦術等で、千変万化《せんぺんばんか》します。完勝は難しいと考えます」

「貴官の言う通りかもしれぬな。それでも、こちらの損害を空母二隻の損傷で抑え、敵空母二隻を撃沈できれば、面目は立つわけだ」

有馬はそう言って、時計を見上げた。

そろそろ第二次攻撃隊が、敵艦隊に取り付く頃だ。

5

「直衛機はいないようだな」

空母「翔鶴」の艦攻隊隊長市原辰雄《いちはらたつお》大尉は、敵艦隊を見て呟いた。

敵艦隊の位置は、左前方だ。

空母二隻を中心とした輪型陣を組み、十数条の航跡を引きながら、南東方向に向かっている。

その上空に、F４Fの姿はない。

雲の中か陽光に隠れての奇襲を狙っているのか、と思い、周囲を見渡したが、そのような動きもない。

第一次攻撃隊が、敵空母の飛行甲板を破壊し、発着艦不能に追い込んだため、燃料が尽きて不時着水したのかもしれない。

「嶋崎《しまざき》一番より全機へ。敵発見。突撃隊形作れ。『瑞鶴』隊目標、一番艦。『翔鶴』隊目標、二番艦。『雲龍』隊、『海龍』隊目標、防空巡洋艦」

無線電話機のレシーバーに、攻撃隊総指揮官を務める「瑞鶴」飛行隊長兼艦攻隊隊長嶋崎重和《しげかず》少佐の命令が届いた。

「情報に基づいての命令か」

市原は、進撃途中で出会った第一次攻撃隊帰還機とのやり取りを思い出している。

攻撃隊総指揮官を務めた高橋赫一少佐は、

「隊列の先頭に、対空火力が非常に高い巡洋艦が二隻いる。艦爆隊は、そいつに向けた方がいい」

と、無線電話で伝えて来たのだ。

嶋崎は高橋の忠告を容れ、「雲龍」「海龍」の艦爆隊に、防空巡洋艦への攻撃を割り当てたのだろう。

「市原一番より『翔鶴』隊。目標、敵空母二番艦。俺に続け！」

市原は、指揮下にある一七機の九七艦攻に下令した。

目標は、向かって右に位置する艦だ。

右に大きく回り込みつつ、高度を下げる。

ちらと後方を見ると、「雲龍」「海龍」の艦爆隊が、斜め単横陣を形成する様子が視界に入った。

（戦闘機さえいなければ）

市原はほくそ笑んだ。

艦爆、艦攻には零戦が付き従っているが、敵戦闘機全てを防ぎ切れるとは限らない。

戦闘機の護衛が付いていても、敵戦闘機はやはり艦爆、艦攻にとり、天敵《てんてき》とも呼ぶべき存在なのだ。

だが、その「天敵」がいなければ、思い切って突っ込んでいける。

「翔鶴」隊が低空に降り、展開を終えるや、

「全軍、突撃せよ！」

嶋崎の命令が飛び込んだ。

「市原一番より『翔鶴』隊、続け！」

「突っ込むぞ、磯野《いその》、宗形《むなかた》！」

市原は麾下全機に下令し、次いで自機の偵察員、電信員を務める磯野貞治《さだはる》飛行兵曹長、宗形義秋《よしあき》二等飛行兵曹に命じた。

エンジン・スロットルを開くや、中島「栄」一一型エンジンが力強く咆哮し、機体が加速される。

左上方では、艦爆隊が次々と機体を翻し、急降下に転じている。

艦爆の周囲には、爆発光が続けざまに閃き、黒煙が湧き出している。

敵の防空巡洋艦が、自艦に向かって来る敵機を目

標に、対空射撃を開始したのだろう。

市原は、正面に向き直った。

前方に発射炎が閃き、「翔鶴」隊の周囲でも、敵弾の炸裂が始まった。

最初のうちは、さほど正確とは言えない。敵弾は、艦攻から大きく外れた位置で爆発している。

それでも、目標に近づくにつれ、射撃精度が上がり、近くで爆発する敵弾が増える。

「全機、高度を下げろ。敵弾の真下に潜り込め！」

市原は、無線電話機のマイクに向かって怒鳴った。同時に、操縦桿を前方に押し込んだ。

九七艦攻が高度を下げ、前方の海面がせり上がる。僅かな操縦ミスが、死に直結する超低空飛行だ。風に砕かれる波頭の白い飛沫を、はっきり見分けられるほどだ。

主翼の下面や胴体下の魚雷を、波が叩くのではないかとさえ思われる。

磯野と宗形は、肝《きも》が冷えるような思いを味わっているだろう。市原が操縦をしくじれば、一蓮托生《いちれんたくしょう》なのだ。自分の力ではどうにもできないだけに、恐怖はいや増しであろう。

だが、二人の搭乗員は何も言わない。黙々と、偵察員、電信員の任務を遂行している。

「矢沢《やざわ》機被弾！」

磯野が報告した。

第二小隊の三番機だ。搭乗員のうち、偵察員、電信員の二名がパラオ沖海戦の後に配属された者で、今回が初陣となる。

機長を務める矢沢忠雄《ただお》二等飛行兵曹と、初陣の若年搭乗員二名が、中部太平洋の海面に散華したのだ。

「村沢《むらさわ》機、海面に突っ込む！」

今度は、電信員席の宗形が報告する。

第二中隊の三番機だ。市原の命令に従い、海面すれすれまで高度を下げたものの、波に機体を叩かれ、墜落したのだ。

（若年搭乗員《ジャーク》には無理か？）

アメリカ海軍 CL-51 防空巡洋艦「アトランタ」

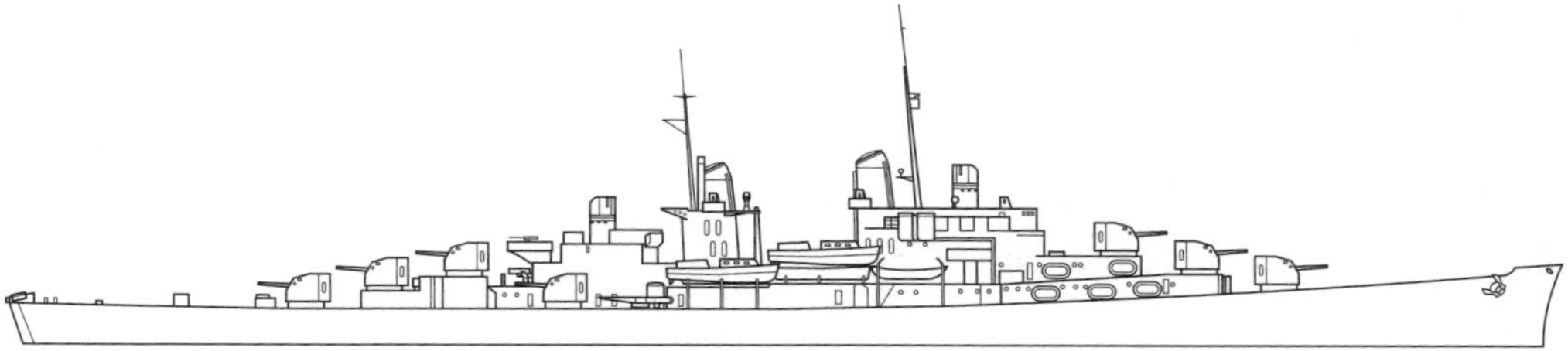

全長	165.1m
最大幅	16.2m
基準排水量	6,000トン
主機	蒸気タービン 2基／2軸
出力	37,500馬力
速力	32.5ノット
兵装	12.7cm 38口径 連装両用砲 8基 16門
	28mm 4連装機銃 3基
	20mm 単装機銃 6丁
	53.3cm 4連装魚雷発射管 2基
乗員数	673名
同型艦	CL-52 ジュノー

アメリカ海軍が建造したアトランタ級軽巡洋艦の１番艦。

大艦巨砲主義であるアメリカ海軍は戦力の中心を戦艦においており、日本海軍が提唱する航空主兵主義には懐疑的な立場である。しかし、近年の航空機の著しい発達を踏まえると、近い将来、航空機が戦艦の脅威となる可能性も否定できず、試作艦的な位置づけで高い防空能力をもつ巡洋艦を建造することとなった。

一方で、艦隊防空のみに特化した艦を建造する予算の余裕はないとの声もあり、水雷戦隊の旗艦としても使えるよう魚雷発射管を装備している。

優れた射撃指揮装置と16門もの両用砲により、鉄壁の防空火力を誇る本艦は、艦隊の守護神として期待されている。

市原は自問した。

「翔鶴」にも「瑞鶴」にも、今回が初陣という若年搭乗員は少なくない。パラオ沖海戦の終了後に、「翔鶴」「瑞鶴」に配属された者たちだ。

超低空飛行の訓練も積んでいるはずだが、訓練と実戦は違う。

初陣の場における超低空飛行は、彼らには荷が重かったのか。

「敵巡洋艦に爆弾命中！」

不意に、磯野が叫び声を上げた。

市原は、ちらと左前方を見た。

隊列の前方に位置していた巡洋艦が、黒煙を噴き上げている。「雲龍」か「海龍」の艦爆隊が、嶋崎隊長の命令に従い、防空巡洋艦に投弾したのだ。

煙の量が多いことに加え、艦上で繰り返し爆発が起きている。誘爆を起こしているのかもしれない。

これで敵の対空砲火は、大幅に減殺されたことになる。

「今度は俺たちの番だな」

市原は正面を見据えた。

空母の手前で、複数の艦が発射炎を明滅させている。大きさから見て、駆逐艦のようだ。

小型艦だからといって、油断はできない。装備している一二・七センチ両用砲は、空母や巡洋艦が装備しているものと同じなのだ。

敵弾は、繰り返し炸裂する。

右に、左に、あるいは正面に爆発光が走り、黒い爆煙が視界を遮る。

時折《ときおり》、弾片が機体に命中し、不気味な打撃音を立てる。

主翼や胴、あるいは風防ガラスを貫通されても不思議はないが、市原機に異常はない。

胴体下に九一式航空魚雷を抱いた九七艦攻は、敵弾が間断なく炸裂し、爆煙が漂う中を、猛速で抜けて行く。

敵駆逐艦が、面前に迫って来た。

一隻だけではない。二隻が視界に入っている。艦同士の間隔を詰めているようだ。

艦そのものを壁にして、艦攻の前に立ち塞がろうとしているようだった。

二隻の駆逐艦の艦上に新たな発射炎が閃き、何条もの火箭が殺到して来た。艦攻が射程内に入ったため、機銃が火を噴いたのだ。

「神原《かんばら》機被弾！」

磯野が叫んだ。

市原が直率する第一小隊の三番機、神原佑《たすく》一等飛行兵曹が機長を務める機体だ。

「了解」

とのみ、市原は返答する。

部下の死を悼《いた》んでいる余裕はない。今は、敵空母に肉薄し、胴体下の魚雷を叩き込むだけだ。

「二小隊長機、被弾！」

の報告が、続けて飛び込む。

このときには、敵駆逐艦二隻が間近に迫っている。

市原は、針路を僅かに左にずらした。

九七艦攻は、駆逐艦の艦首をかすめるようにして、敵艦の右舷側に飛び出した。

一瞬、鋭い艦首が海面を白く切り裂く様が目に入ったが、すぐに死角へと消える。

後席から、機銃の連射音が伝わって来る。

宗形が行きがけの駄賃《だちん》とばかりに、七・七ミリ旋回機銃を放ったのだ。

気休めのような銃撃だが、敵の機銃手に命中すれば、味方の被害を一機でも軽減できるかもしれない。

市原は、正面を見据えた。

急速転回中の敵空母が、視界に飛び込んで来た。

敵艦の識別表を何度も見て、艦形を目の奥に焼き付けたヨークタウン級空母だ。

その艦が、舷側を発射炎で真っ赤に染め、海面を弧状に切り裂きながら回頭している。

「ケツからの雷撃か」

敵艦が艦尾を向けようとしているのを見て、市原は舌打ちした。

雷撃の射点としては最悪だ。対向面積が最小となることに加え、魚雷が目標を追いかける形になるため、命中率は最低となる。

「大丈夫。行ける」

自身に言い聞かせながら、市原は突撃を続けた。

五航戦の艦攻隊は六機ずつ三個中隊に分かれ、時間差を置いての雷撃を敢行している。

第一中隊がしくじっても、後続する第二中隊か第三中隊が、最適な射角から魚雷を発射するはずだ。

空母だろうが、戦艦だろうが、艦攻の波状攻撃からは逃げられない。

「一中隊、何機が健在だ？」

「視界内に二機を確認！」

「二、三中隊は？」

「二中隊、視界内に五機です。三中隊は確認できません」

「よし！」

市原は、満足感を覚えた。

一中隊は半減したが、二中隊は五機が健在だ。

これなら雷撃は成功する、と確信した。

照準器の白い環が、敵空母を捉える。

敵艦の回頭に合わせ、針路を微妙に調整する。

あたかも、巨大な鯨《くじら》を追う鯨漁師になった気分だ。死に物狂いで漁船を振り切ろうと、のたうつ鯨の後ろから食い下がり、急所目がけて銛《もり》を叩き込む。

空母の艦尾が、目の前に迫って来る。

弧状の航跡をなぞるようにして、市原は敵空母に肉薄した。

「用意、てっ！」

叫び声と共に、魚雷の投下レバーを引いた。

重量物を切り離した反動で、機体がひょいと飛び上がるが、操縦桿を前方に押し込んで高度を下げる。

海面すれすれの高度を保ったまま、離脱にかかる。

やがて――。

「命中！　艦尾です！」

「了解」

宗形が歓声混じりの叫びを上げたが、市原はごく短く応答しただけだった。

内心では快哉《かいさい》を叫んでいたが、今は対空火器の射程外に脱することが最優先だ。

雷撃の成功を喜ぶのは、この場を生き延びてからでよい。

「二本目の命中を確認！」

「三本目です！」

宗形がなおも歓声を上げるが、市原は「了解」と返すだけだ。

輪型陣の外郭《がいかく》を固める巡洋艦、駆逐艦は、市原機を逃がすまいと猛射を浴びせて来る。

市原は海面を這《は》い進むような高度を維持しながら脱出を目指す。

前方に、駆逐艦一隻が立ち塞がった。あたかも、艦を市原機にぶつけようとしているかに見えた。

市原は敵艦の艦首をかすめ、輪型陣の外に抜けた。

敵弾が飛んで来なくなったところで、操縦桿を手前に引き、上昇を開始した。

「何本命中した？」

「三本までは確認しました」

市原の問いに、宗形は答えた。

「うまく行けば……」

市原は、期待を口にした。

艦尾には、艦の運動を司《つかさど》る機構が集中している。

魚雷が舵を破壊すれば、敵空母は操舵不能に陥る。

推進軸を一基でも破壊すれば、速力が大幅に低下する。
二、三中隊は、操舵不能になるか、速力が大幅に低下した空母を雷撃することになり、魚雷多数の命中が期待できる。
「翔鶴」隊の成果はどうか——そう思いながら、市原は海面を見下ろした。

「よし！」

の声が、口から漏れた。

敵空母の二番艦は、大量の炎と黒煙を噴出しながら、右に大きく傾斜している。

右舷側の海面は、流出した重油でどす黒く染まっている。

「翔鶴」隊は、右舷側に集中して雷撃を加えたのだ。

正確な命中本数は不明だが、敵空母が沈没を免れないことは、誰の目にも明らかだった。

敵空母の一番艦――「瑞鶴」隊が狙った艦も、二番艦と同様の惨状を呈《てい》している。

こちらは艦の前部に魚雷が集中したのか、前のめりに大きく傾いている。

嶋崎隊長の艦攻からは、「我、敵空母二ヲ雷撃ス。魚雷多数ノ命中ヲ確認ス。撃沈確実」といった報告電が飛んでいるかもしれない。

市原機の周囲に、「翔鶴」の艦攻隊が集まって来る。

「何機残ったかな」

市原は独《ひと》りごちた。

磯野と宗形の報告では、魚雷発射の前に四機が失われている。発射後に撃墜された機体も少なくないはずだ。

かなりの未帰還機が生じたのではないか。

不安を覚えつつ、市原は磯野の報告を待った。

6

小沢治三郎第四艦隊司令長官は、旗艦「翔鶴」の艦橋で、難しい表情を浮かべていた。

第四艦隊が上げた戦果は、空母二隻撃沈、巡洋艦二隻撃破。

日本側の損害は、第三航空戦隊の空母「雲龍」「海龍」の被弾損傷。

両艦とも、機関部や舵、推進軸等に被害はなく、「航行ニ支障ナシ」との報告が届いている。

艦の損失だけを見れば、第四艦隊の勝利と言っていい。

にも関わらず、小沢の顔に喜びの色はない。

渾名である「鬼瓦」の元になった異相《いそう》に赤みが差し、赤鬼《あかおに》を思わせる顔になっていた。

「未帰還機が、これほど多いとは……」

頭を小さく振って、小沢は呟いた。

攻撃隊は、第一次、第二次共、既に全機の収容を終えている。

母艦が被弾し、着艦不能となった「雲龍」「海龍」の搭載機は、「翔鶴」以下の四空母に収容した。

帰還機数は、第一次攻撃隊が零戦四二機、九九艦爆二二機、九七艦攻二〇機。

出撃機数は零戦五四機、九九艦爆三六機、九七艦攻三六機だから、零戦は約二割、九九艦爆、九七艦攻は約四割が未帰還になった計算だ。

一方、第二次攻撃隊の被害は第一次よりも小さい。

零戦は五四機中五一機、九九艦爆は三六機中三〇機、九七艦攻は三六機中二七機が帰還している。

第二次攻撃では敵戦闘機の迎撃がなかったこと、艦爆隊が敵の防空巡洋艦を叩いて艦攻隊の突撃路を開いたことが、被害が比較的小さかった理由だと考えられていた。

「攻撃隊総指揮官も報告しましたが、敵の防空力は以前よりも進歩しています」

淵田美津雄航空甲参謀が言った。

第一次攻撃隊総指揮官の高橋赫一少佐は、投弾終了後に敵戦闘機に襲われたものの、零戦の援護を受けたおかげで、辛くも生還した。

帰還後、「翔鶴」の艦橋に上がり、

「敵戦闘機は、陽光に隠れての奇襲を仕掛けて来たため、艦爆、艦攻の多くが、敵艦隊に取り付く前に撃墜されました。また、対空砲火に撃墜された機体も多数に上りました。米艦隊には、対空戦闘を専門とする巡洋艦も配備されており、防御力はパラオ沖海戦時よりも強化されていると感じました」

と報告している。

「一次で艦爆の命中弾数が少なく、艦攻隊の雷撃が失敗したのは、敵の防空力が大幅に強化されていたためだと考えます。二次で空母二隻撃沈の戦果を上げられたのは、敵の防空力が弱体化していたところにつけ込んだおかげでしょう。このあたりに、今後採るべき戦術のヒントがあると考えます」

淵田の意見を受け、高田利種首席参謀が応えた。

「それは本作戦終了後、研究会で検討すべきことだ。まず、四艦隊の今後の方針を決めなければ」

「改めて考えるまでもない。元々四艦隊は、二艦隊、三艦隊と共に、米太平洋艦隊との決戦に挑むはずだった。その任務は、まだ終わっていない。いや、これからが本番だ」

草鹿龍之介参謀長が言い、同意を求めるように小沢を見た。

小沢は即答せず、航空乙参謀橋口喬《はしぐちたかし》少佐に顔を向けた。

「明日以降、使用可能な航空兵力はどの程度だろうか？　帰還機の中には、被弾損傷した機体も多数含まれていたようだが」

攻撃隊の収容は、小沢も艦橋から見ていたが、主翼や胴体に大穴を穿《うが》たれている機体やエンジン・カウリングからオイルが漏れている機体が少なくなかった。

操縦員が負傷しながらも、何とか着艦した機体や、偵察員、電信員が機上戦死した艦爆、艦攻もある。

それらを除外すれば、明日以降使用可能な機体は、大幅に減少するのではないか。

「現在、各艦の整備員が帰還機を調べておりますが、補用機まで含めれば、『翔鶴』『瑞鶴』の常用機数程度は準備できると推測します」

「そうか」

小沢は大きく頷いた。

四艦隊の空母戦力は、正規空母と小型空母各二隻に減少したが、サイパンには南雲忠一中将の第三艦隊が向かっている。

三艦隊と合流すれば、正規空母六隻、小型空母三隻だ。

他に、サイパンの基地航空隊もある。

米太平洋艦隊を叩く力は、充分ありそうだ。

「三航戦には一個駆逐隊を付け、内地に帰還させる。他の艦は当初の計画に従い、サイパンに向かう」

小沢は断を下した。

幕僚たちを見渡し、微笑した。

「寄り道をすることにはなったが、後顧の憂いは断ったのだ。後ろを気にせず、サイパンに向かうとしよう」


第四艦隊がサイパンに向かって進撃を再開したとき、ヨークタウン級空母の「カウペンス」と「モントレイ」は、終焉《しゅうえん》を迎えようとしていた。

「カウペンス」は艦首水線下をごっそりと抉り取られ、錨鎖庫《びょうさこ》や前部バラスト・タンクを破壊されている。

格納甲板下の弾火薬庫はいち早く注水したため、致命的な誘爆は免れたものの、増大する水圧は艦底部の隔壁《かくへき》をぶち抜き、缶室や機械室まで侵している。

艦首甲板は既に海面下に没し、艦尾は海面上に大きく持ち上げられていた。

「モントレイ」は、右に横転している。

艦尾に雷撃を受け、舵を破壊されて操舵不能になったところに多数のケイトが殺到し、八本もの魚雷を撃ち込まれたのだ。

多数の破孔から奔入した海水は、缶室や機械室を呑み込み、格納甲板まで上がって来た。

艦長が「総員退艦」を下令したときには、艦は右に大きく傾斜しており、飛行甲板は壁のように切り立っていた。

退艦時には、被雷箇所の反対側から飛び込むのが鉄則だが、飛行甲板をよじ登って左舷側に出るのは困難を極め、乗組員の半数以上が右舷側海面に落下して、艦内に吸い込まれていった。

「カウペンス」も「モントレイ」も、周囲の海面を激しく泡立たせ、喫水線は刻々と上がっている。

周囲の海面では、退艦した両艦の乗員を一人でも多く救うべく、駆逐艦が動き回っていた。

ＴＦ２司令官ウィリアム・ハルゼー少将は、将旗《しょうき》を移した重巡洋艦「ウィチタ」の艦橋で、空母二隻の最期《さいご》を見つめている。

「牡牛《ブル》」の渾名に相応しい、いかつい顔は、怒りと悔しさに歪んでいた。

「しくじった。妙な色気《いろけ》を出すのではなかった」

ハルゼーの言葉を受け、参謀長のマイルズ・ブローニング中佐が怪訝《けげん》な表情を浮かべた。

「私が受けていた命令は、硫黄島の敵飛行場攻撃だ。任務を達成したら、さっさと引き上げればよかった。敵の空母を一、二隻仕留めてやろうなどと欲を出したばかりに、貴重な空母を二隻も失う羽目になった」

マリアナ諸島アグリハン島沖に発見された敵機動部隊とＴＦ２の戦闘では、敵の先制攻撃を許す結果になった。

合衆国側の偵察機が敵艦隊を発見するよりも、日本軍の偵察機がＴＦ２を発見する方が早かったのだ。

それでもハルゼーは、敵空母撃滅の機会を逃さなかった。

硫黄島攻撃を終えて帰還した艦上機を再編成し、グラマンＦ４Ｆ〝ワイルドキャット〟三三機、ダグラスＳＢＤ〝ドーントレス〟四七機の攻撃隊を、日本艦隊に向かわせた。

同時に、あるだけのＦ４ＦをＴＦ２の直衛に就かせ、敵の攻撃隊を迎え撃った。

「カウペンス」「モントレイ」の航空隊は、太平洋艦隊主力の直衛を主任務とするため、戦闘機中心の編成となっている。

両艦とも、搭載機はＦ４Ｆ六〇機、ドーントレス二四機ずつだ。

硫黄島攻撃で、Ｆ４Ｆ三機が未帰還となったが、ＴＦ２の直衛には、八四機のＦ４Ｆを充てられる。

これだけの直衛機があれば、敵の空母が多少多くても、空母を守り通せると、ハルゼーは睨んでいた。

だが、第一次空襲で「カウペンス」「モントレイ」が飛行甲板に直撃弾を受けたことが、TF2の命取りになった。

直衛のF4Fは、被害が比較的小さい「カウペンス」に全機を収容したものの、再度の発艦はできず、TF2は第二次空襲を直衛戦闘機なしで迎え撃たねばならなくなった。

その結果、「カウペンス」「モントレイ」の他、新型の防空巡洋艦「アトランタ」「ジュノー」が沈没した。

二隻の防空巡洋艦は、五〇〇ポンドクラスと推定される爆弾多数を被弾し、弾薬庫が誘爆を起こして、沈んでいったのだ。

ハルゼーは、空母の不足に悩まされている合衆国海軍を、更に困窮《こんきゅう》させたことになる。

（キンメル長官に申し訳ない）

ハルゼーは、太平洋艦隊司令長官の顔を思い浮かべた。

バベルダオブ沖海戦の終了後、本国では空母二隻喪失の責任を問い、ハルゼーを更迭《こうてつ》すべきだと主張する声が上がった。

それに反対し、ハルゼーを庇《かば》ったのがキンメルだ。

「提督クラスの指揮官で航空戦に精通した者は少ない。ハルゼーが持つ闘志も、捨て難い。彼に、挽回《ばんかい》のチャンスを与えて欲しい」

と主張し、ハルゼーを現職に留めるよう、海軍中央と交渉した。

結果、ハルゼーは引き続き前線で指揮を執るだけではなく、敵の後方に回り込んでの航空基地攻撃という大胆な作戦をも任されたのだ。

自分はキンメル長官の期待を裏切ってしまった、とハルゼーは考えている。

バベルダオブ沖海戦に続いて、ハルゼーはまたも空母を失った。

ハルゼーの指揮下で沈んだ空母は、合計四隻だ。

これだけ多くの艦を失った指揮官を、合衆国海軍が許すとは思えない。

アジア艦隊司令長官のウィルソン・ブラウン大将同様、現職からの更迭と予備役《よびえき》編入は間違いない。

場合によっては、ハルゼーの留任を強く推《お》したキンメル提督にも累《るい》が及ぶのではないか。

「司令官、作戦はまだ半ばです」

ブローニングが声を励ました。

「機動部隊同士の戦いでは我が軍の敗北を認めざるを得ませんが、勝敗を決めるのは作戦目的を達成したか否かです。最終的に目的が達成されれば、我が軍の勝ちとなります。何よりも我がTF2は、硫黄島攻撃の任務自体は成功させています」

「太平洋艦隊が作戦目的を達成すれば、『カウペンス』『モントレイ』の犠牲《ぎせい》も報われるか」

「おっしゃる通りです」

「いいだろう。全艦に通達してくれ。『カウペンス』『モントレイ』の乗員救助が終わり次第、現海面から離れ、太平洋艦隊本隊に合流する、と」

大きく息を吐き出しながら、ハルゼーは言った。

少し考え、思い出したように聞いた。

「敵の指揮官の名は分かるか？」

「南雲忠一《チューイチ・ナグモ》か小沢治三郎《ジサブロー・オザワ》のどちらかだと推測されます」

情報参謀のゴードン・ロウ少佐が答えた。

日本海軍は一月に艦隊の再編成を実施し、空母機動部隊を二隊編成している。

一隊は、リンガエン湾海戦、バベルダオブ沖海戦に参陣したナグモが指揮を執っているが、もう一隊は新たにオザワが任命された。

オザワは冷静沈着な知将型の指揮官で、航空主兵思想にも早くから目覚めていたと伝えられる。

TF2が戦ったのがどちらなのかは、今のところ判然《はんぜん》としない——と、ロウは言った。

「ナグモとオザワか。覚えておこう」

ハルゼーは、二人の名を脳裏に刻みつけた。

予備役編入が確実な自分には、そのどちらとも戦う機会は来ないだろう。

だが、今後の機動部隊指揮官には有用な情報だ。

自分に代わって、機動部隊の指揮を執る人物が、ナグモやオザワを打ち破り、一連の敗北の恨《うら》みを晴らしてくれるだろう。

ハルゼーは、二人の日本軍指揮官に呼びかけた。

「今回は、TF2の敗北を認めざるを得ない。だが、覚えておけ。TF2の敗北は、合衆国の敗北ではない、ということをな」

第五章　俊足の襲撃者

1

「対空用電探、感一。方位一五〇度、距離三〇浬」

四月二五日二二時二六分、第三艦隊旗艦「土佐」の艦橋に、電測長の風間光則《かざまみつのり》大尉が報告を上げた。

この日の月齢は九。

西の空に、半分に欠けた月が見えている。

半月の光と、各艦の艦橋から漏れて来る常夜灯の光が、艦影をぼんやりと浮かび上がらせている。

「感一なら単機ですな。サイパンの水上機が、夜間哨戒に当たっているのでしょう」

「うむ」

源田実航空甲参謀の言葉を受け、南雲忠一司令長官は軽く頷いた。

第二、第三両艦隊が、サイパン島の沖に到達したのは一八時過ぎだ。

サイパン島の第八艦隊司令部は、水上機による航空偵察を実施し、

「『サイパン』周辺一五〇浬以内ニ敵影ナシ」

との情報を、第二、第三両艦隊に打電した。

現在、第二、第三艦隊は、所定の計画に基づいて、サイパン周辺に展開している。

近藤信竹中将の第二艦隊は、サイパン島のラウラウ湾口だ。

この日の午後、サイパン島の飛行場はB17の空襲を防ぎ切れず、一時的に使用不能となっている。敵がこの機に乗じ、艦砲射撃を目論む可能性があるため、第二艦隊が飛行場の防衛に当たることとなったのだ。

重巡と駆逐艦を中心とした部隊だが、第三戦隊の戦艦「霧島《きりしま》」「比叡《ひえい》」が、一時的に第二艦隊の指揮下に入っている。

第三艦隊の位置は、サイパン島北端のマッピ岬より、北に五〇浬隔たった海面だ。

空母は、夜が明けなければ役に立たない。サイパ

ン島の近くに布陣して、水上砲戦に巻き込まれる危険は冒せない。

　このため、第一、第二航空戦隊の空母五隻と第八戦隊の軽巡「利根《とね》」「筑摩《ちくま》」、第一〇戦隊の軽巡「長《なが》良《ら》」と駆逐艦一二隻は、サイパン島の北方海上で警戒に当たることとなったのだ。

「決戦は、おそらく明日です。我が軍は後背《こうはい》を気にすることなく、米太平洋艦隊と雌雄を決することができます」

　酒巻宗孝参謀長が言った。

　この日の一四時過ぎ、第四艦隊より第二、第三艦隊に宛て、報告電が届いている。

「我、『硫黄島』近海ノ敵艦隊ヲ撃滅セリ。戦果、空母二隻、巡洋艦二隻撃沈。我ガ方ノ損害、『雲龍』『海龍』被弾セルモ航行ニ支障ナシ。今ヨリ『サイパン』ニ向カフ。一三四五《ヒトサンヨンゴ》」

　となっており、四艦隊が勝利を収めて南下中であることを伝えている。

　太平洋艦隊本隊と、硫黄島を襲った別働隊により、日本艦隊を南北から挟撃しようという米軍の目論見は頓挫《とんざ》したのだ。

「敵は、どう出るでしょうか？」

　大石保首席参謀の問いに、南雲は答えた。

「太平洋艦隊の主力だけで正面から挑んで来ると、私は考えている。米海軍にとり、主力はあくまで戦艦だ。硫黄島沖での空母二隻の喪失は、痛手《いたで》ではあっても、致命傷とは考えていまい」

　開戦以来、帝国海軍は空母と航空機を前面に押し立てて戦っているが、「航空攻撃のみによる戦艦の撃沈」は、未だに実証されていない。

「航空機は戦艦を損傷させることはできても、撃沈はできない」というのが、一連の海戦の結果だ。

　そのことを承知している以上、米太平洋艦隊が決戦を断念したり、作戦手順の大幅な変更を行ったりするとは考え難い、と南雲は考えていた。

「太平洋艦隊との正面対決なら、望むところです。

今度こそ、航空主兵思想の正しさを実証できます」

源田が常《つね》以上に積極的な姿勢を見せた。
一、二航戦の艦上機を以《もっ》て、史上初の「航空機のみによる戦艦の撃沈」を成し遂《と》げるつもりのようだ。
「明日の朝までには、小沢の四艦隊も合流して来る。甲参謀の言う通りになるかもしれぬな」

頷いた南雲に、酒巻が言った。

「四艦隊は、敵機動部隊との戦闘で消耗しています。空母の沈没こそなかったものの、『雲龍』と『海龍』が被弾損傷したと伝えて来ております。あまり大きな期待はできないかもしれません」

「一、二航戦は、各航空戦隊の中でも精鋭揃いです。三艦隊だけで充分です」

源田が胸を張り、吉岡忠一航空乙参謀も脇から言った。

「飛行場の復旧が終われば、サイパンの二一、二三航戦も参陣します。米太平洋艦隊主力の撃滅は、充分可能と考えます」


言葉を交わしている間に、対空用電探が捉えた目標が接近して来る。

「電探、感二。敵味方不明機、距離一〇浬」

と、風間電測長が報告を送って来る。

「通信を送ってみますか？」

「無線封止を破ることもあるまい」

酒巻の問いに、南雲はかぶりを振った。

敵味方不明機は、次第に近づいて来る。

上空から、爆音も聞こえ始める。

高度は低めのようだ。闇夜の中、海上の目標を発見するため、低空を飛んでいるのかもしれない。

爆音は「土佐」の右舷前方から接近し、左舷後方へと抜けた。

「不明機、遠ざかります」

後部見張員が報告を上げる。

三艦隊の頭上を素通《すどお》りし、哨戒任務を続行するのだろうと思っていたが——。

「不明機反転。左後方より接近！」

後部見張員が、緊張した声で報告した。

「我が隊を、敵と誤認しているのかな？」

酒巻が首を傾げたとき、不明機が今一度「土佐」の頭上を通過した。

直後、通信室に詰めている通信参謀小野寛次郎少佐より、緊張した声で報告が飛び込んだ。

「敵のものらしき通信波を受信。発信位置、至近！」

「長官、敵機です！」

酒巻が血相《けっそう》を変えて叫んだ。

「三艦隊、針路三三〇度。最大戦速！」

「八戦隊と『長良』に命令。水上機全機、直ちに発進。針路一五〇度に向かわせよ」

南雲は、大音声で下令した。

第三艦隊は、極めて危険な状況に置かれている。飛来した敵機は、敵の水上偵察機だ。敵の砲戦部隊が近くにいる可能性が高い。

米艦隊は、第八艦隊の索敵網をかいくぐり、サイパン島の北方海上に出現したのだ。

敵艦隊は水偵が飛来した方向、すなわち一五〇度の線上にいると推測される。第三艦隊、特に空母を逃がすには、その反対方向、すなわち三三〇度に変針することだ。

「取舵一杯、針路三三〇度！」

「取舵一杯、針路三三〇度。宜候《ようそろ》！」

新たに「土佐」の艦長に任じられた青木泰二郎《あおきたいじろう》大佐が命じ、航海長三浦義四郎《みうらよししろう》中佐が復唱する。

三浦は、操舵室に変針を伝えるが、「土佐」も、姉妹艦「加賀」も、すぐには艦首を振らない。

基準排水量三万八二〇〇トン、帝国海軍の空母の中で最大の重量を持つ艦は、針路を九〇度、すなわち真東に取ったまま、直進を続けている。

「各隊に緊急信！『我、敵艦隊ト交戦中。位置、〈マッピ岬〉ヨリノ方位〇度、五〇浬。来援請《コ》フ。二二《フタフタ》三八《サンハチ》』」

舵の利きを待つ間に、南雲は新たな命令を発した。

敵艦隊はまだ姿を見せていないが、水偵が出現した以上、夜戦の生起は時間の問題だと考えたのだ。

酒巻が通信室に緊急信の電文を伝えたとき、海面付近の低空に爆音が轟き始めた。

第八戦隊の軽巡「利根」「筑摩」と第一〇戦隊旗艦「長良」が、水上偵察機を発進させたのだ。

「利根」「筑摩」は「航空巡洋艦」の異名を持ち、水上機六機を運用できる。巡洋艦と水上機母艦の能力を併せ持つ艦だ。

「長良」も旧式ながら、九四式水上偵察機一機を搭載している。

三隻の巡洋艦から放たれた一三機の水偵は、爆音を軽やかに轟かせ、敵艦隊が潜んでいるであろう闇の彼方《かなた》に向かってゆく。

「土佐」の舵が利き始めるより早く、頭上に光源が出現し、青白い光が飛行甲板を照らし出した。

敵機が吊光弾を投下したのだ。

「対空用電探、感二！　方位一五〇度、距離一五浬！」

「長官、新たな水偵です！　複数が放たれたと推測します！」

風間電測長の報告を受け、酒巻が叫んだ。

「後部見張りより艦橋。『龍驤』取舵。『蒼龍』『飛龍』続いて取舵！」

僚艦の動きが報告される。

「龍驤」と二航戦の「蒼龍」「飛龍」は、「土佐」よりも排水量が小さいため、舵が早く利いたのだ。

(逃げろ、山口《やまぐち》)

南雲は、二航戦の司令官に呼びかけた。

二航戦司令官山口多聞《たもん》少将は、臆病《おくびょう》とは無縁《むえん》の指揮官だが、空母で艦隊戦を行うほど無謀ではない。

南雲の命令に素直《すなお》に従い、避退に移ったのだろう。

三隻の空母が直進に戻り、増速を開始したとき、「土佐」の舵がようやく利き始めた。

「『加賀』取舵！」

艦橋見張員が、姉妹艦の動きを報せる。

戦艦として建造が始まり、途中から空母に艦種変更された二隻の巨艦は、艦首を大きく左に振る。

不意に、右舷側海面にめくるめく閃光が走った。

水平線が昼間のようにくっきりと浮かび上がり、周囲の星々が消え去った。

敵弾の飛翔音が、「土佐」の艦上で聞こえ始めた。


「『レイヴン1』より報告。『第一射、全弾近』」

アメリカ合衆国海軍第五任務部隊《TF5》旗艦「レキシントン」の艦橋に、通信室からの報告が上げられた。

「第二射、撃て《ファイア》！」

「レキシントン」艦長ロジャー・グレイスン大佐が、射撃指揮所に命じる。

前甲板から前方に向けて、巨大な火焔がほとばしり、雷鳴を思わせる砲声が轟く。

合衆国が誇る世界最強の艦載砲、五〇口径四〇センチ砲四門の発射だ。

前方に発射したため、発射の反動は、急制動をかけるかのようだ。

後方からも連続して砲声が伝わり、巨弾の飛翔音が「レキシントン」の頭上を通過する。

後続する姉妹艦「レンジャー」「コンスティチューション」「コンステレーション」の砲撃だ。

四艦合計一六発の四〇センチ砲弾が夜空を飛翔し、逃げ惑《まど》う敵空母に殺到する。

砲撃の余韻《よいん》が収まった直後、通信室から報告が上げられた。

「『レイヴン1』より報告。『敵艦隊増速。針路三三〇度』」

「『プレーヤー』より全艦。部隊針路三三〇度。最大戦速」

通信室からの報告を受け、司令官アイザック・キッド少将は全艦に下令した。

「取舵、針路三三〇度」

「アイアイサー。取舵、針路三三〇度」

グレイスン艦長の命令に、航海長ジン・アンダーソン中佐が復唱を返す。

操舵室に指示が送られ、若干の間を置いて、「レキシントン」が艦首を左に振る。

「『レンジャー』取舵。『コンスティチューション』『コンステレーション』続けて取舵」

「両舷前進全速！」

後部見張員が後続艦の動きを報告し、グレイスンは機関長モーリス・ダネイ中佐に命じる。

機関の唸りが高まり、回頭によって低下した速力が再び増大する。

その間に、第二射弾が落下する。

水上機の報告は「全弾近」だ。

四隻の巡洋戦艦は、空振りを二度繰り返したことになる。

「第三射、撃《ファイア》て！」

グレイスンが三度目の命令を発し、「レキシントン」はみたび咆哮する。

四隻の巡洋戦艦が時間差を置いて放った一六発の射弾は、摑みかかるように、日本艦隊へと殺到する。

今回も、命中はない。

重量一トンの巨弾は、海面を叩き、大量の海水を空中に噴き上げるだけに終わっている。

第四射も失敗に終わったところで、

「『プレーヤー』より全艦。砲撃、一時中止。もう少し距離を詰めてから打ち据える」

キッドは、麾下の全艦に下令した。

夜の海面に巨大な咆哮を繰り返し轟かせた五〇口径四〇センチ主砲が沈黙した。

「やはり遠すぎたな」

キッドは参謀長アーサー・ハドレー大佐と顔を見合わせ、苦笑した。

当初の予定では、日本艦隊との距離を一万ヤード（約九〇〇〇メートル）まで詰めてから砲撃を開始し、一挙に叩き潰すつもりだった。

だが、敵艦隊まで一万八〇〇〇ヤード（約一万六〇〇〇メートル）と迫ったところで、「レイヴン1」

こと「レキシントン」の水上偵察機一号機が、

「敵艦隊、全艦取舵」

と報せて来た。

キッドは全艦隊に最大戦速での突撃を命じると共に、指揮下にある四隻のレキシントン級巡洋戦艦に「射撃開始」を下令した。

砲戦距離一万八〇〇〇ヤードは、昼間であれば必中させ得るが、月齢九の夜とあっては難しかったようだ。

「逃がしはしません」

ハドレーがニヤリと笑った。

「本級は、世界最速の巡戦です。レースをやれば、優勝のトロフィーは間違いなしです。ジャップの空母ごとき、簡単に捉まえて見せますよ」

TF5は、レキシントン級巡洋戦艦四隻、重巡四隻、駆逐艦二〇隻で編成された部隊だ。

「日本艦隊、特に空母を捕捉するためには、火力よりも速力だ。空母に追いつけるだけの速度性能と、日本軍の戦艦に打ち勝てる火力を持つ艦は、レキシントン級しかない」

太平洋艦隊司令長官ハズバンド・E・キンメル大将は、この考えに基づき、レキシントン級を中心とした部隊を編成したのだ。

レキシントン級は対日開戦時、トラック環礁攻略の一翼《いちよく》を担っている。

空母と共にトラック環礁に肉薄し、上陸作戦前の準備攻撃を実施したのだ。

TF5の指揮を委ねられたキッドは、開戦時同様、レキシントン級の速度性能を活かした作戦を採った。

昼間のうちは、サイパン島の東方一五〇浬の海上で待機し、雲やスコールを利用して、敵の偵察機から身を隠す。

日没が近づいたら、サイパンに突進し、日本艦隊を長砲身四〇センチ主砲で叩きのめすのだ。

キッドの目論見は、この直前までは成功した。

TF5は日本軍の偵察網にかかることなく、サイパン島の北方海上にいた機動部隊の捕捉に成功した。

惜《お》しむらくは、敵に動きを悟られたことだ。

一万ヤードの距離まで、気づかれずに接近できれば、避退の余裕を与えることなく、日本艦隊、特に空母を叩きのめせたのだが——。

「部隊速力、現在三三ノット」

航海参謀のグレン・フォッシュ少佐が報告する。

「敵の動きはどうだ?」

「電測、敵の動き報せ」

キッドの問いを受け、ハドレーが電測室に指示を送った。

レキシントン級巡戦は、全艦がSG対水上レーダーを装備している。精度に問題があるため、レーダー照準射撃は使用していないが、敵の動きを探ることは充分可能だ。

「敵は二群に分かれて遁走《とんそう》中。一群は速力三三ノット以上。一群はやや遅れています。速力は、三〇ノットに達していません」

「後方の一群は、おそらく加賀型《カガ・タイプ》を含んでいます。あのクラスは、搭載機数は多いですが、速度性能がやや低く、最大二九ノットとの情報です」

電測長ニール・レスター少佐の回答を受け、ハドレーが言った。

「大物《ビッグ・ゲーム》だ」

キッドは、内心で小躍《こおど》りした。

カガ・タイプは日本海軍が保有する空母の中で最も大きく、搭載機数も多い。

仕留めれば、日本軍に大打撃を与えられる。

「前方の一群は見逃す。だが、後方の一群は何としても仕留める!」

キッドは、宣言するように言った。

「敵距離一万六〇〇〇ヤード」

「砲撃を開始しますか?」

レスター電測長の報告を受け、ハドレーが聞いた。

「砲戦距離は一万ヤードだ。確実に命中弾を得られる距離まで詰める」

アメリカ海軍 CC-1 巡洋戦艦「レキシントン」

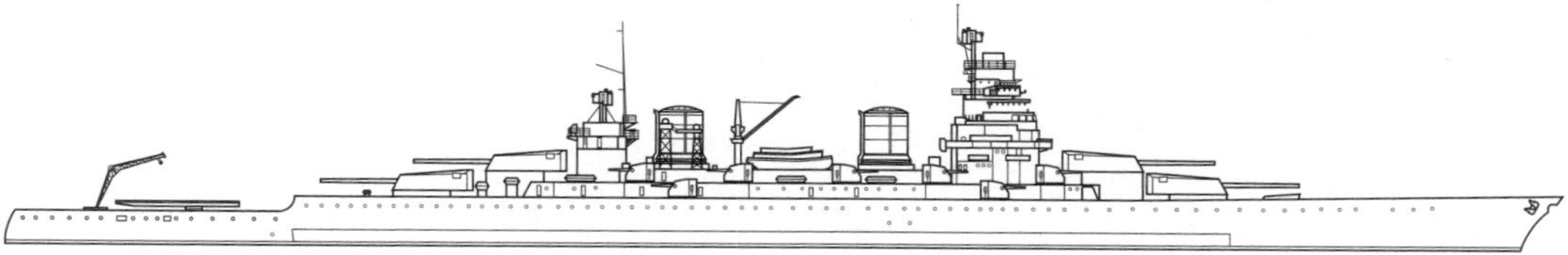

全長	266.5m
最大幅	32.2m
基準排水量	41,800トン
主機	ターボ電気推進 4基／4軸
出力	184,000馬力
速力	33.3ノット
兵装	40cm 50口径 連装砲 4基 8門
	12.7cm 38口径 連装両用砲 14基 28門
	28mm 4連装機銃 6基
航空兵装	水上機 3機／射出機 2基
乗員数	2,300名
同型艦	CC-3 サラトガ

米海軍が1916年に定めた海軍整備計画（通称ダニエルズ・プラン）に基づいて建造した、レキシントン級巡洋戦艦の1番艦。

最初の計画では、35.6センチ主砲10門の大型偵察巡洋艦ともいうべきものだったが、たび重なる設計変更により40.6センチ砲を８門搭載する戦艦となった。この経緯により、舷側装甲厚は36センチ砲搭載艦の標準とされる178ミリのままであり、一般的な戦艦がもつ「決戦距離において自艦の砲撃に耐えうる」装甲は持たない。このため、戦艦ではなく巡洋戦艦に類別されている。

防御力には難があるが、本級の最大の特長は33.3ノットにも達する高速力であり、緒戦でトラック環礁砲撃作戦を成功させたほか、空母への随伴行動など、その高速性能を生かした活躍を続けている。

なお、本艦ならびに３番艦「サラトガ」は、艦橋ならびに籠マストの改造、対空火力の増強などの近代化改装を施している。

「分かりました。各艦に『砲戦距離一万ヤード』と通達します」

キッドの答を聞いて、ハドレーは頷いた。

TF5は三三ノットの最大戦速で、日本艦隊との距離を詰めてゆく。

先に「レキシントン」の水偵一号機が投下した吊光弾の光は、既に消えているが、「レキシントン」のSGレーダーは、闇の中を遁走する日本艦隊の艦影をはっきり捉えている。

キッドは、敵艦隊に呼びかけた。

「レキシントン級から逃げられると思うなよ、ジャップ。世界最強の艦載砲で打ち据えてくれる」

このとき、戦場から北北東に四〇浬ほど隔たった海面に、白波を蹴《け》立《た》てながら航進する一群の艦船があった。

艦の並びは、通常とは異なる。

常であれば、軽巡と駆逐艦が前衛を務め、後方に巡洋艦、戦艦が続くところだが、今は並びが逆だ。

巨大な戦艦が先頭に立ち、その後方にシャープな艦影を持つ大型の軽巡洋艦が二隻、最後尾に三本煙突を持つ軽巡洋艦と駆逐艦四隻という並びになっている。

第四艦隊から分派された砲戦部隊だ。

先頭に立つ戦艦「赤城」の艦橋では、艦長有馬馨大佐が仁王《におう》立ちとなり、艦の正面を見つめている。

第三艦隊旗艦「土佐」より発せられた緊急信が第四艦隊の各艦で受信されたのは、二二時四〇分だ。

米艦隊は大胆にも、サイパンの北側海面に回り込み、第三艦隊に襲いかかったのだ。

小沢治三郎第四艦隊司令長官は迅速《じんそく》に反応し、「赤城」と第七戦隊の軽巡「最上」「三隈」、第一二戦隊の軽巡「阿武隈」と第一六駆逐隊の陽炎《かげろう》型駆逐艦四隻を、第三艦隊の救援に向かわせたのだった。

米艦隊の陣容は伝えられていない。

だが、足の速い空母を含む艦隊を襲う以上、三〇ノット以上を発揮できる高速艦を投入したはずだ。

レキシントン級——サウス・ダコタ級、コロラド級と共に、一九一六年度計画で建造された、米海軍を代表する巡洋戦艦が加わっているかもしれない。

だとすれば、第三艦隊は著《いちじる》しく不利だ。

空母が砲戦で撃沈されるという最悪の事態も想定される。

第四艦隊が戦場海面に到達するまで、一時間以上。

それまで、第三艦隊が持ち堪えられるかどうか。

有馬は、闇の彼方に向かって呼びかけた。

「今、行くぞ。我々が到着するまで、何としても持ち堪えてくれ」

2

「本艦一号機より受信！」

第八戦隊旗艦「利根」の艦橋に、通信室からの報告が上げられた。

「無線電話機に切り替え、こちらに繋《つな》いでくれ。直接聞きたい」

艦長岡田為次《おかだためつぐ》大佐は、通信長矢島源太郎《やしまげんたろう》少佐に命じた。

戦艦、巡洋艦の搭載機には、英国製の無線電話機が装備され、音声による通話を可能としている。

通常の交信は、敵による傍受を防ぐため、暗号電文のやり取りになるが、緊急時では情報伝達の速さが優先される。

「敵は駆逐艦一〇隻以上。その後方に巡洋艦四、戦艦四！」

「利根」より上がった零式水偵一号機の偵察員桐野《きりの》英男《ひでお》一等飛行兵曹は、張り詰めた声で報告した。

「戦艦の型は分かるか？」

「目視での識別は困難ですが、巡洋艦、駆逐艦に遅れることなく追随しています」

「了解。触接を続行せよ」

岡田はそう命じて、受話器を置いた。

「司令官、敵はレキシントン級巡戦四隻を含んでいます」

「レキシントン級か……！」

岡田の報告を受けた第八戦隊司令官阿部弘毅《あべひろき》少将は唸り声を発した。

開戦前に公開された情報によれば、レキシントン級の最高速度は三三・三ノット。

三艦隊の空母のうち、二航戦の「蒼龍」「飛龍」は三四・五ノットを発揮できるから、レキシントン級を振り切れるが、旗艦「土佐」と姉妹艦の「加賀」、小型空母の「龍驤」は二九ノットが最高だ。

四・三ノットの速力差があるのでは、いずれ追いつかれ、撃沈される。

「反転し、砲雷戦を挑んでは？」

「それはできん。空母が丸裸《まるはだか》になる」

岡田の具申に、阿部はかぶりを振った。

第三艦隊は、二隊に分かれている。

二航戦の「蒼龍」「飛龍」は、第七駆逐隊の吹雪型駆逐艦四隻に守られて、一足先に逃げている。

一航戦の「土佐」「加賀」「龍驤」は、八戦隊の「利根」「筑摩」、一〇戦隊の「長良」と駆逐艦八隻に守られ、二航戦の後を追う形で避退中だ。

「利根」「筑摩」に雷装はないが、一〇戦隊の各艦は魚雷発射管を装備しており、後方の敵艦隊に夜間水雷戦を挑める。

成功すれば、敵を足止めするだけではなく、レキシントン級撃沈の大戦果が期待できるが、失敗すれば空母は無防備になってしまう。

「このままでは、どのみち敵の砲撃で全滅します。むざむざやられるより、反撃すべきでは？」

阿部は、しばし沈黙した。

「利根」の艦橋で聞こえる音は、機関の鼓動と風切り音、艦首の波切り音だけだ。

敵の砲撃はまだないが、岡田は圧倒的に優勢な敵が背後から迫りつつある気配《けはい》を感じていた。

「……少し待て。長官と話す」

阿部はそう言って、受話器を取った。

「『土佐』に繋げ。長官だ」

と命じた。

数語のやり取りの末、阿部は受話器を置き、岡田や八戦隊の幕僚たちに向き直った。

「敵の斜め前方から、時間差を置いて雷撃を敢行する。第一陣は八戦隊と一〇駆、第二陣は『長良』と一七駆だ。八戦隊は、一〇駆を援護する。今より一〇五度に変針し、九〇秒後に魚雷発射。その後は速やかに変針し、空母の後方に付く」

（時間稼《かせ》ぎが狙いか）

岡田は、南雲司令長官の狙いを読み取った。

雷撃戦を挑むのであれば、敵に反航し、面前に魚雷を発射するのが最も効果的だ。

だが、そのためには敵に肉薄しなければならず、魚雷発射前に砲撃を受ける危険が大きい。

南雲はそのことを考慮し、斜め前方からの雷撃を命じたのだろう。

「八戦隊、針路一〇五度！」

「面舵一杯。針路一〇五度！」

阿部の命令を受け、岡田は航海長吉松徹《よしまつとおる》中佐に下令した。

「面舵一杯。針路一〇五度。宜候！」

吉松が復唱し、操舵室に指示を伝える。

第八戦隊も、一〇戦隊の「長良」と駆逐艦も、三隻の空母に合わせ、二九ノットの速力で直進を続ける。

「利根」の艦首が大きく振られた。

前方に、おぼろげに見えていた「土佐」以下の三隻が左に流れ、死角に消えた。

「『筑摩』面舵。本艦に後続します。一〇駆、『秋《あき》雲《ぐも》』以下面舵！」

後部見張員が、後続艦の状況を報告する。

（今撃たれたら、ひとたまりもないな）

そんな想念が、岡田の脳裏に浮かんだ。

回頭中の艦は静止目標と同じであり、敵からは格好の射撃目標になる。

レキシントン級の四〇センチ砲弾が飛んで来たら、と思うと、背筋が寒くなる。

だが、闇の向こうに発射炎の閃きはなく、巨弾の飛来もない。

敵の指揮官は、「砲撃開始は、距離を充分詰めてから」と考えているのかもしれない。

「両舷前進全速！」

艦が直進に戻ったところで、岡田は機関長河野不二《かわのふじ》中佐に下令した。

機関の鼓動が高まり、艦が加速される。

回頭に伴って低下した速力が回復し、三五ノットの最大戦速に達する。

「酒見《さけみ》一水、時間計測！」

「時間を計測します！」

艦長付水兵の酒見浩介《こうすけ》一等水兵が命令を復唱し、ストップウォッチのボタンを押した。


すぐには何も起きない。

「利根」は、後方に八戦隊の僚艦「筑摩」、第一〇駆逐隊の四隻を従え、敵艦隊の右前方に展開する形を取っている。

敵の目には、巡洋艦二隻、駆逐艦四隻が、空母を見捨てて逃げだそうとしているように見えるかもしれない。

（そのように錯覚してくれれば、もっけの幸いだが）

腹の底で岡田が呟いたとき、

「三〇秒経過」

酒見が、経過時間を報告した。

直後、右前方の海面に閃光が走り、瞬間的に闇を吹き払った。

「来たか！」

阿部が小さく叫んだ。

若干の間を置いて、敵弾の飛翔音が轟く。

先に聞いた、巨弾の飛翔音ではない。多数の中小

日本海軍 軽巡洋艦「利根」

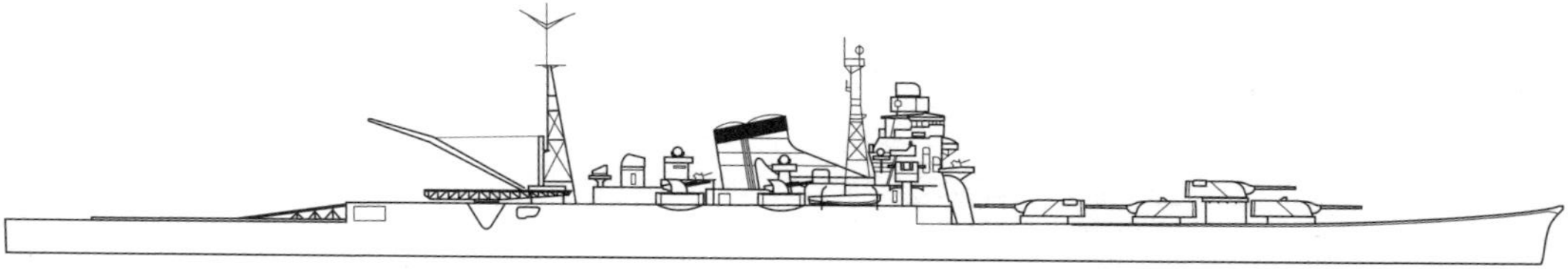

全長	201.6m
最大幅	19.4m
基準排水量	11,213トン
主機	艦本式オールギヤードタービン 4基／4軸
出力	152,000馬力
速力	35.0ノット
兵装	15.5cm 60口径 3連装砲 4基 12門 12.7cm 40口径 連装高角砲 4基 8門 25mm 連装機銃 6基
航空兵装	水上機 6機／射出機 2基
乗員数	874名
同型艦	筑摩

最上型に引き続いて建造された軽巡洋艦、利根型の１番艦。

航空主兵主義に転換した日本海軍は、空母は攻撃に専念するものとし、それまで空母の艦上機が担っていた索敵や対潜哨戒などは巡洋艦に搭載された水上機が行うものとした。このため、当時設計作業が進んでいた最上型の後部甲板を航空兵装に宛てる案が検討されたが、時期尚早として見送られた経緯がある。その後、空母を中心とした艦隊運用が定着したこともあり、改めて航空兵装を充実させた本型の建造が決まった。

主砲を前部にまとめて配置したことで、弾火薬庫など集中防御を必要とする範囲が小さくなり、防御力を高めることができた。その一方、水上機格納庫が設けられなかったため、水上機を露天繋止の状態で整備せざるを得ない問題点が指摘されている。

最大６機の水上機を運用できる本型は、文字通り「艦隊の目」として、海戦の勝敗を左右する大きな存在となっている。

口径弾が立てる音のようだ。

「利根」の右舷側海面で、続けざまに爆発が起こり、大量の飛沫が噴き上がる。

かと思えば、何本もの水柱が空中高く奔騰《ほんとう》する。

水柱の高さは、「利根」の艦橋トップに届くかどうかというところだ。

おそらく、重巡の二〇・三センチ砲弾であろう。

「こちらも撃ちますか？」

「まだだ。この条件下では、命中は望めぬ」

砲術長中川寿雄《なかがわひさお》中佐の問いに、岡田は即答した。

彼我の距離は一万メートル以上あり、月明かりも充分とは言えない。この状況で砲撃しても、主砲弾を無駄遣いするだけだ。

砲撃は、もう少し条件が整ってからだ。

敵は、砲撃を繰り返している。

駆逐艦の一二・七センチ砲弾、重巡の二〇・三センチ砲弾が、唸りを上げて殺到する。海面に無数の飛沫が上がり、弾着の水柱がそそり立つ。

射撃精度は、さほど高くない。

爆圧はほとんど感じられず、「利根」に飛沫がかかることもない。

だが、直撃弾を受ければ、かなりの損害を受けることは確実だ。主砲弾火薬庫に直撃を受け、誘爆を起こす危険もある。

艦長としては、薄氷《はくひょう》を踏む思いだった。

「一分経過」

敵弾の飛翔音と炸裂音が間断なく轟く中、酒見が報告した。

「あと三〇秒か」

阿部の呟きが、岡田の耳に届いた。

敵の砲撃は、なおも繰り返される。

敵弾の多くは「利根」の右舷側海面に落下しているが、頭上を飛び越えて左舷側海面に落下する砲弾もあれば、正面に水柱が突き上がることもある。

艦首が水柱を突き崩すと、海水が艦首甲板や主砲塔の天蓋《てんがい》に降り注ぎ、夕立《ゆうだち》のような音を立てる。

敵弾が絶え間なく降り注ぐ中を、「利根」「筑摩」と四隻の駆逐艦は、三五ノットの最大戦速で突き進む。

「利根」の右舷至近に敵弾が落下し、艦橋の右脇に水柱が奔騰した直後、

「九〇秒経過！」

酒見が報告した。

「一〇駆に信号。『魚雷発射始メ』！」

「『魚雷発射始メ』。一〇駆に送信します！」

岡田の命令に、信号長鈴木実夫《すずきさねお》兵曹長が復唱を返した。

（雷装が欲しい）

岡田は、渇望《かつぼう》の思いを抱いている。

「機動部隊が敵の砲戦部隊と遭遇した場合を考慮すれば、利根型にも雷装が必要ではないか」

利根型軽巡の計画時に、そのような意見が、軍令部第一部や艦政本部から出されたという。

だが計画会議では、

「そのような事態は、偵察を入念に実施することで防げるはずだ。万一、敵の砲戦部隊と遭遇した場合には、雷撃は駆逐艦に担当させればよい」

との意見が大勢を占めたため、利根型に発射管は装備されなかったのだ。

いざ、万一の事態が生じてみると、雷装案の却下が悔やまれる。

片舷一基ずつでもいいから、雷装があれば、敵への雷撃を駆逐艦だけに任せるなどということにはならなかったはずだが——。

「『秋雲』より報告。『一〇駆全艦、魚雷発射完了』！」

敵弾の飛翔音、炸裂音が響く中、矢島通信長が報告を上げた。

「八戦隊、一〇駆、左一斉回頭！」

阿部が、大音声で下令した。敵弾の飛翔音や炸裂音に負けじと考えてか、全身の力を喉に込めたような命令だった。

「航海、取舵一杯。針路二八五度！」

「取舵一杯。針路二八五度。宜候！」

岡田の命令を、吉松が復唱する。

「利根」は、なおも直進を続ける。

「一〇駆、左一斉回頭！」

後部見張員が、駆逐艦の動きを報告する。

司令駆逐艦の「秋雲」を先頭に、八駆に後続していた四隻の駆逐艦が、一斉に転舵したのだ。

「利根」も艦首を左に振った。

艦が直進に戻るより早く、後部から二度炸裂音が届き、衝撃が伝わった。

「喰らったか！」

岡田は唸り声を発した。

これまで被弾を免れてきた「利根」だったが、ここに来て二発が命中したのだ。

すぐには、被害状況報告が届かない。

なおも敵弾が降り注ぐ中、艦は回頭を続ける。

これまで後方にいた僚艦「筑摩」が、視界に入り始めた。「利根」同様、取舵を切り、海面を弧状に切り裂きながら回頭している。

「両舷前進全速！」

艦が直進に戻ったところで、岡田は河野機関長に命じた。

「両舷前進全速！」

河野が力強い声で復唱した直後、被害状況報告が届いた。

「副長より艦長。後部に被弾二発。高角砲、並びに射出機一基損傷」

「了解！」

とのみ、岡田は返答した。

先の被弾は、駆逐艦の一二・七センチ砲弾によるものだったようだ。損害は軽微と言える。

「利根」の艦底部からは、機関の力強い鼓動が伝わって来る。

回頭によって一時的に大きく低下した速力が、戻りつつあるのだ。

敵弾はなおも繰り返し飛来し、「利根」や前を行く「筑摩」の周囲に、間断なく炸裂の飛沫や水柱を噴き上げている。

海面下では、一〇駆が放った四艦合計三二本の九三式六一センチ魚雷が、四八ノットの雷速で突き進んでいる。

敵の発射炎を見据えながら、岡田は言葉を投げた。

「こちらが直撃弾を受けるのが先か、魚雷が貴様らの下腹を食い破るのが先かだ」


このとき、ＴＦ５の隷下にある一六隻の駆逐艦は、二列の複縦陣を組み、隊列の前方を固めている。

右列隊の先頭に位置する第一〇一《DDG101》駆逐隊の司令ジエラルド・ランシング大佐は、司令駆逐艦「ハンブルトン」のＳＧ対水上レーダーが捉えた敵艦の動きから、日本艦隊の意図を悟った。

「右前方の敵艦、左一斉回頭。回頭後に増速」

電測長ギデオン・スミス中尉の報告が届くや、ランシングは顔色を変えた。

敵艦が、雷撃を敢行したと悟ったのだ。

日本軍の魚雷の威力については、アジア艦隊の残存艦艇やペリリュー沖海戦（パラオ沖海戦後半戦の米側公称）に参加した艦艇から提出された戦闘詳報《バトル・レポート》により、明らかとなっている。

合衆国の駆逐艦が使用するＭｋ15よりも、雷速、最大射程、炸薬量が大きく上回ることに加え、航跡がほとんど見えないという。

「ハンブルトン」のレーダーに映った敵の別働隊は六隻。

四〇本から五〇本程度の魚雷が、右前方から襲って来ると考えてよい。

「『ルーク1』より『プレーヤー』。右前方の敵は魚雷を発射したと推定。回避の要有りと認む！」

ランシングは、「レキシントン」の司令部を呼び出して具申した。

回答は、すぐには返って来ない。

回避をすれば、TF5は足止めを喰らう。アイザック・キッド司令官は、敵艦隊を見失うことを恐れているのかもしれない。

「『ルーク1』より『プレーヤー』、回避を命じられたし！」

　ランシングは、重ねて具申を送った。

「レキシントン」からの応答はない。

　命令が来ない以上、DDG101も、他の駆逐隊や後方に展開する第七巡洋艦戦隊《CD7》やレキシントン級四隻も、直進を続けざるを得ない。

　一分ほどが経過したとき、アーサー・ハドレー参謀長が回答を送って来た。

「『プレーヤー』より『ルーク1』。敵の雷撃距離は約一万ヤードと見積もられる。この距離なら、命中の可能性は乏しい。現針路、速度を保ち、突撃を続行する」

「ですが――」

　ランシングが異議を唱えようとしたときには、通信は切られている。

「どうされますか、司令？」

「……現針路、速度を維持する」

「ハンブルトン」艦長ラーズ・オコンネル中佐の問いに、ランシングは答えた。

　ハドレー参謀長から決定を伝えられたとき、ランシングは、DDG101だけでも回避を命じたいとの衝動に駆られた。

　だが、そのようなことをすれば、隊列をいたずらに混乱させる。遠距離雷撃の命中率が低いというのも、確かな事実だ。

　ここは、司令官の判断を尊重する。

自身を、そう納得させた。

　だが、四分ほどが経過したとき、不意に後方から光が差し込み、前甲板の縁を照らし出した。

　雷鳴のような炸裂音に、

「『ロッドマン』被雷！」

　との報告が重なった。

「ハンブルトン」と同じリヴァモア級駆逐艦の一隻で、ＤＤＧ１０１の二番艦だ。

ハドレーは一万ヤードの遠距離雷撃などまず当たらないと言ったが、その楽観が打ち砕かれたのだ。

一〇秒ほどが経過したとき、再び後方で爆発が起こる。

今度は数秒の間を置いて、二度連続して炸裂音が届く。

「『フォレスト』『ホブソン』被雷！」

後部見張員が、被害艦の名を報告する。

第一〇三《DDG103》駆逐隊の司令駆逐艦と、同隊の三番艦だ。

複縦陣の右列を固める二個駆逐隊が、三隻を戦列から失ったのだ。

「『プレーヤー』より各艦。被害艦のクルーは、艦の保全に努めよ」

「レキシントン」の司令部より指示が届く。

艦隊の針路や速度に対する新たな指示はない。

キッド司令官は、雷撃による被害が生じても、回避行動を取らないつもりなのだ。

駆逐艦三隻を戦列から失いながらも、ＴＦ５は最大戦速で突撃を続ける。

一〇分ほどが経過したとき、今度は複縦陣の左列に被雷の水柱が奔騰する。

第一〇四《DDG104》、一〇八《DDG108》駆逐隊のベンソン級駆逐艦「チャールズ・Ｆ・ヒューズ」「ウッドワース」だ。

「チャールズ・Ｆ・ヒューズ」が被雷したとき、太陽を思わせる強烈な閃光が走り、数秒間周囲を真昼のように明るくした。

光が収まったとき、同艦の姿は海上から消え去っていた。

あたかも、海そのものが艦を呑み込んだかのようだ。敵の魚雷は、「チャールズ・Ｆ・ヒューズ」の魚雷発射管か爆雷庫の近くに命中し、誘爆を引き起こしたのだ。

新たな被害は、二隻だけに留まらない。

「『アストリア』被雷！」

の報告が、後部見張員から飛び込む。

今度は、CD7の三番艦がやられたのだ。

「信じられん《アンビリーバブル》……！」

ランシングは、啞然《あぜん》として呟いた。

敵の魚雷に搦め捕られた艦は、これで重巡一隻、駆逐艦五隻だ。しかも、うち一隻は轟沈している。

一万ヤードの遠距離雷撃で、これほどの被害が生じるとは信じられなかった。

「どうするつもりだ、司令官は……？」

「突撃続行でしょうな」

ランシングの問いに、オコンネルがどこか陰気な口調で答えた。

「レキシントン級は、被害を受けていません。あのクラスが健在なら、司令官は諦《あきら》めませんよ」

オコンネルの言葉通りだった。

「レキシントン」の司令部から、新たな指示はない。

TF5は、被雷した艦を後方に残したまま、三三ノットの速力で、日本艦隊を追い続けていた。

3

「『三隈』一号機より受信！」

戦艦「赤城」の戦闘艦橋に、通信長中野政知《なかのまさとも》中佐の報告が上げられた。

第四艦隊から戦艦一隻、軽巡三隻、駆逐艦四隻が第二部隊として分派された直後、第七戦隊の「最上」「三隈」は、零式水偵一機ずつを発進させ、敵艦隊に触接させている。

戦況を報せると共に、長波の輻射によって艦隊を誘導するのが、水偵二機の役目だ。

その一機が、状況を報告して来たのだ。

「敵ハ駆一五、巡三、戦四。速力三〇ノット以上。巡一、駆五ハ雷撃ニヨリ撃退セルモ敵ノ針路、速度共変化ナシ。二三一一《フタサンヒトヒト》」

「しくじったか」

中野の報告を受け、有馬は呻いた。

第三艦隊は、雷撃によって巡洋艦一隻、駆逐艦五隻を戦列から落伍させたが、肝心の戦艦は仕留められなかったのだ。

「航海、あと何分で敵を捕捉できる？」

「三〇分前後と見積もられます」

航海長宮尾次郎《みやおじろう》中佐が、有馬の問いに答えた。

本来なら、そろそろ敵を射程内に捉えられるはずだったが――との言葉は、喉の奥に押し込んだ。

第四艦隊第二部隊は、まっすぐサイパンを目指していたが、第三艦隊が針路三三〇度、すなわち北北西に避退しているため、適宜《てきぎ》針路を西に修正しながらの進撃となった。

このため、戦場到着までの時間が、当初の見積もりよりも長くなったのだ。

あと三〇分を、三艦隊が持ち堪えられるか。一分、いや一秒の遅れで、「加賀」や「土佐」が敵戦艦の巨弾に打ち据えられるかもしれないのだ。

三艦隊の運命を思うと気が気ではないが、今は前に進むしかない。

一〇分ほどが経過したとき、前方の海面に異変が起きた。

水平線付近が明るくなり、周囲の星明かりがかき消されたのだ。

光は繰り返し明滅し、その都度、水平線がくっきりと浮かび上がる。

遠雷のような砲声も聞こえて来る。

「始まったか……！」

有馬は、爪《つめ》が掌《てのひら》に食い込むほど強く両手の拳《こぶし》を握り締めた。

敵艦隊が、第三艦隊への砲撃を開始したのだ。

「敵艦発砲！」

後部見張員の報告が、旗艦「土佐」の艦橋に届いたとき、南雲忠一第三艦隊司令長官は、恐れていたものが来た――と悟った。

第三艦隊に食い下がって来たレキシントン級巡洋戦艦が、五〇口径四〇センチ主砲を発射したのだ。

敵弾の飛翔音が聞こえ始める。

重量一トンの巨弾四発が、夜の大気を激しく震わせながら殺到して来る音だ。

水上戦闘の能力が乏しい空母にとっては、死そのものの代名詞に等しい。

最初の射弾は、全弾が「土佐」の頭上を飛び越え、正面に落下した。

前方の海水が噴き上がり、巨大な壁となって、「土佐」の行く手を塞いだ。前方に位置していた小型空母の「龍驤」が、しばし壁の向こうに隠れた。

海水の壁が崩れたところに、「土佐」の艦首が突っ込む。

四万トン近い基準排水量を持つ鋼鉄製の巨体は、激しく沸き返る海面を突き進む。

第一射が落下したときには、新たな敵弾が、轟音と共に迫っている。

敵の二、三、四番艦が、一番艦に続けて主砲を放ったのだ。

再び敵弾が「土佐」の頭上を飛び越え、前方に複数の水柱を噴き上げる。「土佐」は、水柱の中にもろに艦首を突っ込む。

膨大《ぼうだい》な海水が崩れ、「土佐」の飛行甲板を土砂降《どしゃぶ》りの雨のように叩く。しばし、艦が沈み込んだかと錯覚するほどの勢いだ。

落下した海水は、飛行甲板上に幾筋《いくすじ》もの小さな川を作り、左右両舷から海に帰ってゆく。
三、四番艦の射弾は、後方に落下したらしく、水柱は見えない。ただ、敵弾落下の水音や水中爆発の炸裂音だけが伝わって来る。
「八戦隊、一〇戦隊は無事か⁉」

南雲は聞いた。

八戦隊、一〇戦隊は、敵に雷撃を敢行した後、再び空母三隻の後方に付いている。

巡洋艦、駆逐艦が戦艦の巨弾を喰らえば、瞬時に消し飛びかねない。直撃しなくても、至近弾の爆圧によって機関部を損傷する可能性がある。

「後部見張り、八、一〇戦隊の状況報せ」

「全艦、我に続行中！」

青木泰二郎艦長の命令を受け、後部見張員が報告する。

「艦長、艦上機の発進はできんか？」

酒巻が青木に聞いた。

夜間とはいえ、敵は至近距離にいる。

艦攻、艦爆を発進させれば、夜間の雷爆撃は可能なはずだ、と考えたようだ。

「無理です。発艦準備に一時間はかかります」

青木に代わって、源田実航空甲参謀が答えた。

「こうなることを見越《みこ》しておけば……！」

酒巻の顔は、悔しさともどかしさに歪んでいる。

数機であっても、艦攻か艦爆を飛行甲板上で待機させておけば、レキシントン級を迎撃できた、と考えているようだ。


（それは無理というものだ）

南雲は、小さくかぶりを振った。

砲戦部隊による機動部隊への攻撃を、想定していなかったわけではない。

戦艦、巡洋艦、駆逐艦が護衛に就いているのは、対空火器による防空戦闘の他、敵水上部隊の襲撃に備えてのことだ。

だがこの日の昼間、サイパンの基地航空隊は、敵艦隊を発見できなかった。

三艦隊もその報告を信じ、敵艦隊の襲撃はないと考えていた。

独自に航空偵察を実施しておけばよかったとも思うが、返らぬ繰り言《ごと》だ。

自力で窮地を切り抜ける以外にない。

新たな敵弾が、後方から殺到する。

敵一番艦の射弾は、再び「土佐」の頭上を飛び越え、前方に落下した。

敵弾は「龍驤」の後方に落下し、奔騰する水柱が、その姿を隠した。

「『龍驤』が……！」

酒巻宗孝参謀長が絶望的な叫びを上げ、南雲もしばし凍り付いた。

「龍驤」の基準排水量は一万トン。「土佐」の三分の一以下の小型空母だ。

その小型空母が、轟沈したように見えたのだ。

水柱が崩れ、「龍驤」が姿を現す。

火災炎らしきものは見えず、速度が落ちている様子もない。

「『龍驤』に打電。『貴艦ノ状況報セ』」

南雲は、通信室に命じた。

若干の間を置いて、小野寛次郎通信参謀が回答した。

「『龍驤』より返信。『至近弾一。損害軽微。戦闘航行ニ支障ナシ』」

「よし……！」

南雲は、大きく安堵の息を漏らした。

「龍驤」は、轟沈の運命を免れたのだ。

敵二、三、四番艦の射弾も落下する。

全弾が、三艦隊の右方、あるいは左方に落下しており、直撃弾はない。

敵の指揮官は、充分距離を詰めたと判断して砲撃に踏み切ったのだろうが、射撃精度はお世辞《せじ》にも良好とは言えない。

（このまま行ければ……）

そんな想念が、南雲の頭をかすめた。

レキシントン級の射弾は、今のところ海面を叩いているだけだ。

弾薬庫が空になるまで逃げ切れれば、三隻の空母は生き延びられる。

ただ、最高速度はレキシントン級が上だ。

一航戦との速力差は四ノットであり、距離はじりじりと詰まっている。近くなるほど射撃精度も上がるのは自明《じめい》の理《り》だ。

それを考えれば、楽観はできなかった。

新たな敵弾の飛翔音が、後方から迫る。

今度も「土佐」の頭上を飛び越し、「龍驤」の後方に着弾する。そそり立つ海水の壁が、「土佐」の視界を遮る。

それが崩れ、「龍驤」が健在な姿を現す。

安心する間もなく、敵二、三、四番艦の射弾が迫った。

二番艦の射弾は右に、三番艦の射弾は左に逸れたが、四番艦の射弾は「龍驤」の近くに落下し、一万トンの小型空母を水柱が包み込んだ。

「いかん……！」

南雲は思わず叫んだ。

一瞬、「龍驤」の艦体が撥《は》ね上げられたように見えたのだ。今度こそ命運《めいうん》が尽きたのでは、という気がした。

水柱は崩れ、「龍驤」が姿を現した。

艦は、なお健在だ。火災は起こしておらず、直撃という最悪の事態を免れたことを示しているが——。


「『龍驤』より入電！『推進軸一基損傷。速力低下。我ヲ省《カエリ》ミズ避退サレタシ』」

小野寛次郎通信参謀が報告を上げた。

「なんという……」

南雲は、天を振り仰いだ。

「龍驤」は二軸推進だ。一軸を失えば、速力は半分以下に落ちる。

「長官……？」

「全艦、針路、速度このまま！」

酒巻の問いを受け、南雲は断固たる口調で命じた。

「龍驤」を置き去りにするのは忍びないが、戦力の保全を第一に考えれば、止むを得ざる措置だった。

なおも敵弾が繰り返し飛来する中、「土佐」は「加賀」と共に全速航進を続ける。

速力が大幅に衰《おとろ》えた「龍驤」が近づいて来る。

「土佐」が「龍驤」を追い抜いたとき、南雲は「龍驤」に向かって敬礼した。酒巻以下の三艦隊司令部幕僚も、南雲に倣った。

戦友に対する、せめてもの別れの挨拶《あいさつ》だった。

「龍驤」が死角に消えたとき、新たな敵弾の飛翔音が迫った。

その音が消える寸前、「土佐」の飛行甲板に左後方から赤い光が差し込んだ。

「りゅ、『龍驤』轟沈！」

後部見張員が泣くような声で報告を上げ、その声に、おどろおどろしい炸裂音が重なる。

敵弾の爆発によるものだけではない。艦体が引き裂かれる金属的な破壊音も、混じっているように感じられる。

断末魔《だんまつま》の叫び声にも等しい音だった。

南雲は声もなく、艦橋の中央に立ち尽くしている。

開戦以来、帝国海軍の空母は、被弾損傷することはあっても沈むことはなかった。

パラオ沖海戦で被弾損傷した「加賀」「翔鶴」は修理を終えて戦列に復帰し、小沢の第四艦隊も、「雲龍」「海龍」を傷つけられたものの、失いはしなかった。

その空母が、遂《つい》に沈んだ。

艦長杉本丑衛《すぎもとうしえ》大佐以下、九二四名の乗員や一騎当千《いっきとうせん》の艦上機搭乗員らと共に、敵弾に爆砕され、海に呑み込まれていったのだ。

嘆《なげ》く間もなく、後方から新たな炸裂音が伝わる。

「龍驤」轟沈時のそれに劣らぬ、強烈な大音響だ。

「な、『長良』轟沈！」

後部見張員の報告を受け、南雲は唇を嚙み締めた。

今度は、第一〇戦隊の旗艦として一二隻の駆逐艦を束ねていた五五〇〇トン級軽巡の一艦を失ったのだ。

南雲は水雷術の専門家であり、「長良」の姉妹艦「阿武隈」の艦長を務めた経験もある。

それだけに、このクラスの艦には思い入れが強い。南雲にとっては我が身を切られるように辛《つら》い報告だ。

敵弾の飛翔音は、なおも第三艦隊を追って来る。

轟音が周囲の大気を震わせつつ、急速に拡大する。

心なしか、これまでとは音色《ねいろ》が異なるように感じられる。

（万事休す……！）

南雲が直感した瞬間、「土佐」の右舷至近で海面が弾けた。

摩天楼《まてんろう》を思わせる巨大な海水の柱が、艦橋の右側にそそり立ち、爆圧が右舷艦底部を突き上げた。

基準排水量三万八二〇〇トンの鋼鉄製の艦体が左に、右にと揺れ動き、艦橋内では何人かがよろめく。

「『加賀』に至近弾！」

の報告が、続いて上げられる。

「嘆いている場合ではない」

南雲は、口中で呟いた。

レキシントン級の砲撃は、正確さを増して来た。

敵弾の多くは、「土佐」や「加賀」から大きく外れた海面に落下していたが、距離が詰まるに従い、弾着位置も近づいて来たのだ。

「敵との距離は⁉」

「艦長より砲術、敵との距離報せ！」

南雲の問いを受け、青木泰二郎艦長が射撃指揮所に命じる。

「九五《キュウゴ》（九五〇〇メートル）！」

との答が、数秒の間を置いて返される。

レキシントン級との距離は、既に一万メートルを切った。

戦艦の四〇センチ主砲にとっては近距離だ。

「土佐」も「加賀」も、既に至近弾を受けている。

いつ直撃弾を受けても、おかしくないところまで追い込まれている。

「長官……！」

酒巻が、追い詰められたような表情で呼びかけた。

航空戦のときは冷静沈着な参謀長だが、今は焦《しょう》燥《そう》の色が濃い。現在の状況で、航空の専門家にできることはないためか。

周囲の大気が鳴動し始める。

敵の新たな射弾が迫ったのだ。

轟音は、急速に拡大する。「逃がさぬ」と、三艦隊に宣告しているかのようだ。

音は「土佐」の頭上を通過し、前方に落下する。

一発は正面至近に、もう一発は右舷艦首至近にそれぞれ落下し、爆圧が「土佐」の艦首を突き上げる。

動揺が収まらない艦の真上から、大量の海水が降り注ぎ、激しい音を立てて飛行甲板を叩く。

「『加賀』正面に至近弾！」

海水の落下が収まったとき、艦橋見張員が僚艦の状況を報せた。

「加賀」も「土佐」と同じく、艦首付近に至近弾を受けたのだ。

南雲の目には、敵が三艦隊、特に二隻の空母の逃げ道を塞ごうとしているように見えた。

（駄目か……！）

戦闘開始以来初めて、南雲は絶望を感じた。

ルソン沖、パラオ沖と、二度の海空戦で勝利の立《た》役者《やくしゃ》となった一航戦の「土佐」「加賀」だが、その命運も尽きるときが来たのか。

戦艦として建造が始まり、途中から空母に艦種変更され、竣工後は航空主兵思想に転換した海軍の中核戦力となった二艦だが、その二艦が戦艦の砲撃によって沈められるのか。

だとすれば、これほど皮肉な運命はない。

（『龍驤』と『長良』の後を追うのか）

先に沈んだ二艦を南雲が思い浮かべたとき、

「新たな発射炎、右一三五度！」

予想外の報告が飛び込んだ。

砲術長野田知行《のだともゆき》少佐の声だった。

二〇秒ほどの間を置いて、

「『利根』一号機より受信。『敵一番艦ニ至近弾』！」

小野通信参謀より報告が上げられた。心なしか、何かを期待するような響きがあった。

「もしや……？」

「ひょっとして……？」

酒巻と大石保首席参謀も、何かを感じたらしい。

希望はある、と言いたげな声を上げた。

続報により、南雲は二人の部下の直感が正しかったことを悟った。

「四艦隊より受信！　『我〈第四艦隊第二部隊〉。只《ただ》今《いま》戦場到着』」

4

敵一番艦への至近弾は、戦艦「赤城」の第一、第二砲塔から放たれた射弾だった。

第四艦隊第二部隊は、針路を二四〇度に取り、「赤城」を先頭にして、最大戦速で突進している。

「赤城」の左前方では、真っ赤な発射炎が繰り返し閃き、艦の姿を瞬間的に浮かび上がらせている。

海面を渡って伝わるのは、殷々《いんいん》たる砲声だ。

米軍のレキシントン級巡洋戦艦が、三三ノットの速度性能を発揮して第三艦隊に追いすがり、繰り返し砲撃を浴びせているのだ。


弾着の水柱までは視認できないが、この少し前に発進した「赤城」の水上偵察機一号機は、

「三艦隊ト敵艦隊ノ距離九五《キュウゴ》」

との報告を送っている。

いつ「土佐」や「加賀」が直撃弾を受けてもおかしくない。一秒でも早く、敵の目を第二部隊に向かせる必要があった。

「赤城」の前甲板に発射炎が閃き、雷鳴のような砲声が轟いた。

第一、第二砲塔の二番砲による第二射だ。

砲術長永橋為茂中佐は、第一、第二砲塔の全門発射を提案したが、「赤城」の四〇センチ主砲は次発装塡に四〇秒を必要とする。

有馬馨「赤城」艦長は、全門発射では間が空きすぎると判断し、二発ずつの交互撃ち方を命じたのだ。

重量一トンの巨弾二発は、夜の大気を貫いて、敵艦隊目がけて飛ぶ。

「観測機より受信。『第二射、全弾遠』！」

中野政知通信長が観測機からの報告を伝えて来る。

第一射は、一発が敵一番艦の至近距離に落下したが、どうやらまぐれだったようだ。

「本艦一号機に命令。吊光弾投下」

「本艦一号機に、吊光弾投下を命じます」

有馬の命令に、中野が復唱を返した。

「七戦隊司令部より受信！　『我、突撃ス。貴艦ハ七、一二戦隊ヲ援護セヨ』」

中野通信長が報告を上げた。

第二部隊の指揮は、第七戦隊司令官西村祥治《にしむらしょうじ》少将が執っている。水雷の専門家で、艦船勤務一筋の海軍生活を送って来た海の武人だ。

七戦隊の「最上」「三隈」と一二戦隊の「阿武隈」、駆逐艦四隻で、雷撃戦を挑むつもりであろう。

「七戦隊に返信。『了解。貴隊ヲ援護ス』」

有馬は中野に命じた。

パラオ沖海戦と同じか、と口中で呟いた。

昨年一一月のパラオ沖海戦では、「赤城」を含む第一戦隊の戦艦三隻は、主に敵戦艦を牽制する役割を務め、巡洋艦、駆逐艦の雷撃を支援している。

今回も、同じ役割を果たすことになりそうだ。

「後部見張りより艦橋。七、一二戦隊、突撃します！」

報告を受け、有馬は左舷側海面を見やった。

これまで「赤城」の後方に位置していた七戦隊の「最上」「三隈」と一二戦隊の軽巡「阿武隈」、駆逐艦四隻が、大きく取舵を切り、敵艦隊に向かってゆく。

「砲術より艦橋。吊光弾、点灯！」

「よし、撃て！」

永橋の報告を受け、有馬は半ば反射的に命じた。

「赤城」の第一、第二砲塔が第三射を放った。

めくるめく閃光が一瞬、前甲板を明るくし、轟然たる砲声が艦橋を包む。

訓練と実戦の両方で、繰り返し目にした、主砲発射の瞬間だ。

敵艦隊の頭上には、複数の光源が漂い、艦影をぼんやりと浮かび上がらせている。

「赤城」一号機が吊光弾を投下したのだ。

「敵は、まだこっちを向かぬか？」

有馬は呟いた。

敵から見ての新手《あらて》、すなわち「赤城」以下の八隻が出現したことは、敵も既に察しているはずだ。こちらが、戦艦一隻を含むことも。

だが敵は、なお空母への砲撃を続けている。

敵の目が、第二部隊に向けられた様子はない。

第二部隊など、空母を片付けてからでも充分と考えているのか。

一〇秒余りが経過したとき、中野が新たな報告を上げた。

「観測機より受信。『敵一番艦ニ至近弾』！」

「艦長より砲術。至近弾が出た。次は当たるぞ！」

有馬は、射撃指揮所の永橋砲術長に伝えた。

「了解！」

永橋の太い声が伝わる。不適な笑顔を想像させる声だった。

「赤城」が第四射を放った。

一瞬、前甲板周辺が真昼になり、砲声が周囲に轟いた。

今度こそ――その思いを込め、有馬は弾着の瞬間を待った。

十数秒後、発射炎とは明らかに異なる真っ赤な閃光が、敵一番艦の艦上に走った。

光はすぐには消えず、敵艦の姿を海上にくっきりと浮かび上がらせた。

「よし！」

有馬は満足の声を上げた。

前部の主砲塔二基しか使用できないにも関わらず、「赤城」は第四射で直撃弾を得たのだ。

「一斉撃ち方に切り替えます」

「了解！」

永橋の宣言するような報告に、有馬は即答した。

一〇秒ほどの間を置いて、これまでに倍する強烈な閃光が走った。発射の反動を受け止めた艦体が、急制動をかけられたようになり、艦橋内の全員がよろめいた。

強烈な砲声が、周囲の大気を震わせる。

第一、第二砲塔合計四門の四〇センチ主砲が火を噴いたのだ。

「『キング』は空母への砲撃続行。『クイーン』は戦艦に目標変更！」

アイザック・キッドTF5司令官は、砲声に負けじとばかり、大音声で下令した。

新手の敵が出現したことは、既に旗艦「レキシントン」のレーダーマンが報告している。

観測機の報告によれば、「敵は戦艦一、巡洋艦二、駆逐艦五」だ。

キッドは「優先すべきは空母」と即断した。

TF5は、既に敵の空母と軽巡各一隻を仕留めている。

残る敵空母との距離も一万ヤードまで詰め、今一息で沈められるところまで来たのだ。

戦場に割り込んで来た敵に、戦艦は一隻しかなく、さほどの脅威にはならない。

空母を仕留めてから、改めて相手をすればよい、とキッドは考えていた。

ところが予想に反し、TF5は残る敵空母に対し、なかなか命中弾を得られなかった。

のみならず、「レキシントン」が直撃弾を受け、火災を起こした。

キッドは敵戦艦が脅威になると判断を改め、レキシントン級二隻を割り当てると決定したのだ。

「『キング2』より『プレーヤー』。敵空母への砲撃を続行します」

「『クイーン1』より『プレーヤー』。敵戦艦に目標を変更します」

「キング2」こと「レンジャー」の艦長クリス・デニキン大佐と、「クイーン」こと第二巡洋戦艦戦隊《BCD2》の司令官ジョフリー・マイルズ少将から、命令の復唱が届いた直後、敵弾の飛翔音が届いた。

「レキシントン」の左右両舷に水柱が奔騰すると同時に、艦橋の後方から、金属的な破壊音が届いた。

くぐもったような炸裂音が続き、次いでキッドが生涯で初めて経験する強烈な衝撃が、「レキシントン」を刺し貫いた。

敵一番艦の大爆発を、有馬はあっけに取られて見つめた。

二発目の直撃弾が得られることは確信していたが、それが敵に致命傷を与えられるとまでは思っていなかったのだ。

こんなにうまくいっていいのだろうか、と首を捻らずにはいられなかった。

敵一番艦の前部から噴出した巨大な炎は、急速に燃え広がり、艦の姿をこれまでにないほどはっきりと浮かび上がらせている。

後方に位置する二番艦までが見えるほどだ。

「艦長より砲術。目標、敵二番艦。急げ！」

有馬は早口で、永橋に射撃目標の変更を命じた。

驚いている場合ではない。

二番艦が一番艦の火災炎に照らされている今、早い段階で直撃弾を得る好機だ。

「目標、敵二番艦。一斉撃ち方で行きます！」

永橋も、闘志を感じさせる声で返答した。

「赤城」の主砲塔が旋回し、四門の砲身が俯仰する。

ほどなく四門の砲口に発射炎がほとばしり、轟然たる砲声と共に、新目標への第一射弾を叩き出す。

（できるだけ早く、一隻でも多く叩かねば）

有馬は、焦慮《しょうりょ》に駆られている。

敵は第二部隊の戦艦が一隻だけと侮《あなど》ってか、すぐには砲門を向けて来なかったが、一番艦が大火災を起こしたことで、「赤城」が強敵だと悟ったはずだ。

レキシントン級巡戦は、火力、防御力共にサウス・ダコタ級戦艦より劣るものの、速度性能が高い。

主砲の数は八門と少なめだが、一発当たりの破壊力は、サウス・ダコタ級のそれと同じなのだ。

「赤城」にとっては、一対一で戦っても勝てるかどうか分からない強敵と言える。

そのレキシントン級が、三隻健在なのだ。

二番艦を叩いて、一対二に持ち込みたい。

「観測機より受信。『全弾、近』!」

「失敗か!」

十数秒後、中野からの報告を受け、有馬は舌打ちした。

「二号機に命令。吊光弾投下」

有馬が中野に命じたとき、

「敵機、本艦直上!」

艦橋見張員の報告が飛び込んだ。

二秒ほどの間を置いて、「赤城」の頭上から満月のそれを思わせる青白い光が降り注ぎ始めた。

艦橋からは、第一、第二砲塔の砲身と天蓋、艦首甲板、揚錨機等がはっきり見える。

数秒後、右前方に閃光が走った。光の中に、敵の艦影が瞬間的に浮かび上がった。

敵弾の飛翔音が拡大する。長砲身四〇センチ砲から発射された巨弾が、大気を震わせる音だ。

(来る!)

有馬が直感したとき、「赤城」の左舷側海面が大きく盛り上がり、多数の水柱がいちどきに奔騰した。

弾着位置は、さほど近いものではない。それでも、水柱の太さ、高さが、パラオ沖海戦で見たものとほぼ同一であることははっきり分かる。

敵巡戦は「赤城」が脅威であると認め、砲門を向けて来たのだ。

一〇秒ほどの間を置いて、新たな敵弾が飛来する。

再び「赤城」の左舷側海面に、敵弾落下の水柱が突き上がる。あたかも、海神が巨腕を海上に突き上げたかのようだ。直撃弾の破壊力は、海神の拳に匹敵するであろう。

「一対二か」

有馬は呟いた。

「赤城」に砲門を向けて来たのは、敵戦艦三隻のうち二隻だ。

敵の指揮官は、レキシントン級二隻で「赤城」を、一隻で三艦隊の空母を仕留めるつもりであろう。

「航海、面舵一杯。針路三〇〇度！」

「この状況で回頭ですか⁉」

宮尾次郎航海長が、驚いたような声を上げた。

宮尾の危惧《きぐ》は理解できる。

回頭中の艦は静止目標と同じだ。

「赤城」が、レキシントン級の長砲身四〇センチ砲に叩きのめされる危険がある。

「本艦の役割は、敵戦艦の牽制だ。そのためには、同航戦に移行する必要がある」

「分かりました。面舵一杯。針路三〇〇度！」

宮尾は復唱を返し、操舵室に指示を送った。

舵の利きを待つ間にも、敵の射弾が「赤城」に飛来する。

今度は左舷至近と右舷艦首付近に、それぞれ一発ずつが落下する。

白く太い海水の柱が、艦橋を大きく超えて伸び上がり、爆圧が艦底部を突き上げる。

「赤城」の巨体は僅かに震えるが、動揺はない。基準排水量四万三〇〇〇トンの鋼鉄製の艦体は、至近弾落下の衝撃に耐えている。

「艦長より砲術。主砲、左砲戦。敵と同航戦に入る。最も照準を付けやすい艦はどれか？」

「三番艦です」

「よし、目標敵三番艦。レキシントン級は、本艦より三ノット優速だ。測的に注意せよ」

有馬は、永橋に細かく指示を伝えた。

空母を守ることを最優先に考えるなら、先頭に位置する二番艦を目標とすべきかもしれない。

だが、敵戦艦に対しては、七戦隊と一二戦隊が肉薄雷撃戦を挑まんとしている。

ここは、敵三、四番艦を相手取り、牽制の役割を果たすべきであろう。

「目標敵三番艦。宜候！」

有馬の指示に、永橋は即座に復唱を返した。

何かを期待するような響きが感じられる。同航戦への移行で、全主砲が使用できることを喜んでいるのかもしれない。

舵が利き始め、「赤城」が艦首を右に振った。

回頭中の「赤城」に、敵艦の射弾が飛来する。

「赤城」の動きが想定外だったのか、直撃弾も至近弾もない。敵弾は全て、「赤城」の手前に落下している。

「赤城」が直進に戻ると同時に、新たな吊光弾の光が、敵三番艦を浮かび上がらせた。

「敵三番艦の測的完了。砲撃、再開します！」

永橋が宣言するように報告し、「赤城」の左舷側目がけて、巨大な火焔がほとばしった。

各砲塔の一番砲、前部二門、後部三門が同時に火を噴き、五発の四〇センチ砲弾を放ったのだ。

砲声は艦橋の前後から届き、発射の反動を受けた艦体が、僅かに右舷側へと仰《の》け反《ぞ》る。

ほとんど同時に、敵三番艦の艦上にも発射炎が閃き、四番艦もそれに続く。

彼我の四〇センチ砲弾が夜空で交錯し、各々の目標へと飛翔する。

敵弾の飛翔音が聞こえ始め、急速に拡大した。

轟音は「赤城」の頭上を通過し、右舷側海面に弾着の水柱が奔騰した。右舷中央至近に一発が落下し、爆圧が艦橋にまで伝わった。

右舷側の水柱が崩れるや、敵四番艦の射弾が殺到する。

今度は全弾が「赤城」の前方に落下し、多数の水柱が前方を塞ぐ。

「観測機より受信。全弾、目標の前方に弾着！」

（先の注意がまずかったか？）

中野通信長からの報告を受け、有馬は自問した。

永橋には、「敵は本艦より三ノット優速」と伝えている。

測的手は、敵の速力を過大《かだい》に見積もったのかもしれない。

左舷側に真っ赤な閃光が走り、艦影が瞬間的に浮かび上がる。

敵三、四番艦の砲撃だ。

「赤城」も各砲塔の二番砲を振りかざし、敵三番艦に対する第二射を放つ。

轟然たる砲声が艦橋を包み、「赤城」の巨体が痺《しび》れるように震える。

主砲発射の反動は、相変わらず強烈だ。何度経験しても、慣れるということがない。

先に落下するのは敵弾だ。

敵三番艦の射弾は「赤城」の頭上を飛び越えて右舷側海面に落下し、四番艦の射弾は左舷側海面に落下する。

右舷艦底部からの爆圧を受けた艦体が左舷側へと傾き、続いて左舷艦底部からの爆圧が、艦を右に仰け反らせる。

あたかも、敵三番艦と四番艦が「赤城」を挟撃しているかのようだ。

動揺が収まったところで、観測機が「全弾、遠」と報せて来る。

「赤城」の第二射は目標を飛び越え、反対側の海面に落下したのだ。

（先に直撃弾を得なければ）

状況が切迫していることを、有馬は認識している。

「赤城」は、一対一でも同等、もしくは上の力を持つ強敵を二隻同時に相手取っているのだ。

うち一隻を早い段階で仕留めなければ、「赤城」は二艦合計一六門の長砲身四〇センチ砲に叩きのめされる。

だが、これまで二度の砲撃は、直撃弾を得られずに終わっている。

次こそは――そう思いつつ、有馬は第三射を待った。

敵三、四番艦が先に発砲し、左舷側海面に発射炎が閃く。

僅かに遅れて「赤城」も、各砲塔の一番砲で第三射を放つ。

五発の四〇センチ砲弾を叩き出した反動で、艦が僅かに右へと傾ぐ。

入れ替わりに、敵の射弾が飛来する。

周囲の大気が震え、飛翔音が拡大する。それが消えると同時に、「赤城」の周囲に巨大な水柱が噴き上がる。

敵三番艦の射弾は艦の後方にまとまって落下し、四番艦の射弾は正面に落下する。

至近弾の爆圧が艦尾を突き上げ、「赤城」は束の間、前にのめる。

僅かに沈み込んだ艦首が、前方に噴き上がった水柱の中に突っ込む。

大量の海水が、巨大な滝のような音を立てて降り注ぎ、南海のスコールよりも激しく艦首甲板や主砲塔の天蓋を叩く。

「本艦の射弾はどうだ？」

動揺する艦上で足を踏みしめながら、有馬は敵艦を見つめた。

ここで直撃弾を得られれば一対一、互角の戦いに持ち込める。

「駄目か……！」

その呻きが、有馬の口から漏れた。

敵の艦上に、直撃弾の爆炎はない。

中野は「観測機より受信。全弾近」と報告する。

「赤城」の主砲五門は、五発の四〇センチ砲弾を海に投げ込んだだけに終わったのだ。

(照射射撃を使うか？)

その誘惑に、有馬は駆られた。

「赤城」は近代化改装時に、九六式一一〇センチ探《たん》照灯《しょうとう》を装備したが、パラオ沖海戦の後、九六式一五〇センチ探照灯に換装している。

有効照射距離は、航空機に対しては八〇〇〇メートル、艦船に対しては一万メートルだ。

照射射撃を用いれば、必中が可能だが――。

（駄目だ）

有馬は、すぐにその考えを打ち消した。

照射射撃は、敵に格好の射撃目標を与える。敵三番艦を叩くことはできても、四番艦の射弾を叩き込まれる。

何とか、照射なしで命中弾を得る以外にない。

「赤城」が第四射を放ち、雷鳴のような砲声が轟く。

余韻が消えたところで、有馬は中野を呼び出した。

「艦長より通信。七戦隊か一二戦隊の通信は傍受されていないか？」
七、一二戦隊は、隊列から離れ、敵に雷撃戦を仕掛けている。
魚雷を発射したのであれば、「我、魚雷発射完了」との報告があるはずだ。

「受信されていません」

「了解した」

中野の簡潔な回答に、有馬は幾分《いくぶん》か失望を覚えつつ応えた。

「最上」以下の七隻は、まだ雷撃の射点に到達しないのかもしれない。

受話器を置いたとき、敵弾の飛翔音が迫った。轟音が急速に拡大し、「赤城」の頭上を通過した。

右舷側海面に、多数の水柱が奔騰した。右舷艦底部から突き上がった爆圧を受け、艦体が僅かに左舷側へと傾斜した。

間を置かずに、敵四番艦の射弾が殺到して来る。

（当たるな、当たるな、まだ当たるな）

有馬が祈ったとき、「赤城」の左舷側海面に多数の水柱が突き上がった。

同時に、艦橋の後方から炸裂音と衝撃が伝わり、「赤城」の巨体が激しくわなないた。

「喰らった……！」

　有馬は思わず呻いた。

「赤城」の幸運は、いつまでも続かなかった。

　ここに至り、最初の直撃弾を受けたのだ。

「砲術より艦長。第三砲塔被弾。火薬庫に注水します！」

　被害状況報告は、応急指揮官の副長ではなく、永橋から上げられた。

　被害箇所が主砲塔だったため、いち早く状況を把握したのだ。

「砲戦を続行せよ」

と、有馬は命じた。

「赤城」が厳しい状況に置かれたことは分かっている。こちらはまだ直撃弾を得ていないにも関わらず、一発を被弾した。しかも、命中箇所は戦艦の命とも呼ぶべき主砲塔だ。

「赤城」は二割減となった主砲で、二隻のレキシントン級と戦わねばならない。

　追い打ちをかけるかのように、観測機が「全弾、遠」との報告を送って来る。

　空振りは合計四回。「赤城」は二〇発の四〇センチ砲弾を、海中に捨てたのだ。

　敵三、四番艦が撃ち、「赤城」も残った四基の主砲塔で第五射を放つ。

　砲声も、反動も、これまでより僅かに小さくなっている。

　敵三番艦の射弾は外れたが、四番艦の射弾は再び直撃した。

　先の被弾同様、艦の後部から衝撃と炸裂音が伝わった。

「飛行甲板に命中。射出機一基損傷！」

　今度は、応急指揮官の副長貞方《さだかた》静夫《しずお》中佐が報告する。

「赤城」の第五射は命中しない。

　敵の艦上に爆炎は躍らず、観測機は「全弾、近」と報告する。

（まさか……いや、そんなはずは……）

有馬は、背筋に冷たいものを感じた。

敗北、沈没という最悪の事態を示す二文字の言葉が浮かんだ。

敵三、四番艦が次の射弾を放った直後、予想外の報告が飛び込んだ。

「電測より艦長。対空用電探、感四！　方位一六〇度、一五浬。急速に接近中！」

5

「狙うはレキシントン級の首《くび》一つ！」

第八航空隊の刈谷文雄中尉は、自身を鼓舞《こぶ》すべく、力を込めて叫んだ。

「赤城」の対空用電探に映ったのは、アスリート飛行場より発進した第八、第一一両航空隊の一式戦闘攻撃機「天弓」二九機だ。

この日、アスリート飛行場は、日没間際に来襲したB17の爆撃によって一時的に使用不能となっていたが、サイパンの第五設営隊は突貫《とっかん》工事によって、離着陸が可能なところまでこぎつけた。

八空、一一空の搭乗員は、無線によって伝わって来る友軍の窮状《きゅうじょう》を、とろ火に焼かれる思いで聞いていたが、「作業完了！」の報告を聞くや、弾かれたように飛び立ったのだ。

天弓のうち、三機は吊光弾を搭載しており、残る二六機は九一式航空魚雷を抱えて、低空から敵艦隊へと向かっている。

夜間攻撃は困難だが、八空、一一空は中堅以上の搭乗員を選抜して、攻撃隊を編成していた。

「早乙女一番より八空全機へ。雷撃目標、敵巡戦二番艦。敵は空母を攻撃中だ。状況は一分一秒を争う！」

「刈谷一番、了解！」

「青柳一番、了解！」

「三郷《みさと》一番、了解！」

各中隊、小隊の指揮官が応答する。

今回の作戦は、昼間戦闘とは編成が異なる。

八空の出撃機数は一〇機。うち一機は、吊光弾の搭載機だ。

残る九機を二隊に分け、飛行隊長の早乙女玄少佐と第二中隊長の青柳優大尉が率いる。

刈谷は早乙女が直率する第一中隊で、第二小隊長を務めるよう命じられていた。

吊光弾の搭載機を除く九機は、既に海面付近まで舞い降りている。

前方では発射炎が繰り返し閃き、大小の砲声も伝わって来る。

砲撃を行っているのは、レキシントン級巡戦だけではない。

護衛に就いている巡洋艦、駆逐艦も、日本側の巡洋艦、駆逐艦と撃ち合っているのだ。

(隊長の誘導は大丈夫か?)

懸念が、刈谷の脳裏をかすめた。

出撃前、敵巡戦の発射炎を見れば、容易に位置を特定できると思っていたが、夜間砲戦のさなかに艦形を見分けるのは難しい。下手をすれば、同士打ちの危険も考えられる。

早乙女隊長は、技量、統率力共に抜群であり、八空搭乗員から信頼されているが、決して間違いを犯さないということはないはずだ。

味方の戦艦や巡洋艦に、誤って魚雷を撃ち込むようなことがあれば、取り返しがつかない。

「早乙女二番より八空全機へ」

レシーバーに、太い声が響いた。

第一中隊二番機の機長真島文彦《まじまふみひこ》飛行兵曹長だ。水平爆撃では嚮導機《きょうどうき》を務めるが、今回は吊光弾の投下を担当する。

「目標発見。今より吊光弾を――」

真島の声は、唐突《とうとつ》に中断された。レシーバーに、爆発音が飛び込んだ。

左前方上空に、火焔が湧き出している。

敵の対空砲火が、真島機を墜としたのだ。

「早乙女一番より八空全機へ。俺に続け！」

ほとんど間を置かずに、早乙女の声が飛び込む。八空の先頭に位置する早乙女機が左の水平旋回をかけ、速力を上げる。

早乙女は、たった今撃墜された真島機の真下に、目指す敵艦がいると睨んだのだ。

「刈谷一番より二番、続け！」

刈谷も叩き付けるようにして、後続する二番機に命じた。

舵輪を回し、エンジン・スロットルを開いた。

刈谷の天弓が加速される。

英国で開発され、日本海軍に採用された双発の戦闘攻撃機が、胴体下に魚雷を抱き、多数の発射炎が明滅する直中に突っ込んで行く。

（仇は討つぜ）

刈谷は、たった今戦死した二人の搭乗員に呼びかけた。

真島飛曹長は水平爆撃の特技章を持つ、ベテランの准士官だ。真島とペアを組んでいた偵察員の小滝《こたき》雷太《らいた》一等飛行兵曹も、航法、通信、射撃の技量は水準以上だった。

八空のみならず、海軍航空隊の宝とも呼ぶべき搭乗員だったのだ。

その二人を失った以上、雷撃を成功させずにはおかない。早乙女隊長も、同様の心情であろう。

「佐久間、二番機どうか？」

「本機に続行中」

「二中隊は？」

「同じく、続行中です」

刈谷の問いに、偵察員の佐久間徳藏二等飛行兵曹が答えた。

「了解！」

刈谷はごく短く返答し、前方に注意を集中する。

刈谷の二番機を務めるのは、第三中隊の一小隊二番機を務めていた伊関《いせき》渉《わたる》一等飛行兵曹と宮田《みやた》久五《きゅうご》郎《ろう》二等飛行兵曹のペアだ。

開戦以来、刈谷の二番機を務めた三谷勝一等飛行兵曹と小岩哲夫三等飛行兵曹はサイパン上空の邀撃戦で戦死し、三番機の清水和則《しみずかずのり》二等飛行兵曹と大島《おおしま》哲雄《てつお》一等飛行兵は夜間戦闘の技量に難があるため、今回の作戦から外れている。

刈谷と組むのは初めてだが、場数《ばかず》を踏んだベテランだけに、遅れることなく追随していた。

多数の発射炎が、正面に閃いた。

「刈谷一番より二番、高度を下げろ！」

刈谷は叫ぶと同時に、機首を押し下げた。

無数の曳痕が、頭上を通過する。海面は曳痕を反射し、赤や黄色に染まっている。

上でも下でも、光が乱舞している。

僅かでも高度を上げれば、敵弾に搦め捕られて火を噴く。高度を下げすぎれば、海面に叩き付けられ、機体が四散する。

危険極まりない状態だが、早乙女に率いられる八機の天弓は、敵弾と海面の間の僅かな空間を突進している。

「誘導してくれるとは有り難い」

死と背中合わせであるにも関わらず、刈谷は小さく笑った。

敵弾に向かって飛べば、そこに目標がいる。敵巡戦は対空砲火によって、自ら位置を暴露《ばくろ》したのだ。

右前方で、天弓一機が被弾する。第一小隊の三番機だ。

左の二番エンジンから火を噴き、空中をよろめいた後、海面に叩き付けられて飛沫を上げる。

「佐久間、後続機は何機が健在だ？」

「視界内に三機を確認」

「了解した」

ごく短く、刈谷は返答した。

八空の天弓は、なおも突進する。

時折、針路が微妙に左へとずれる。敵巡戦の航進に伴い、適宜針路を修正しているのだ。

飛び交う曳痕の向こうに、艦影が見える。艦形まではっきり分からないが、艦体は前後に長い。

時折、前部に発射炎が閃き、周囲の闇を吹き払っている。

（レキシントン級だ。間違いない）

刈谷は、そう確信した。

米国の公開情報によれば、レキシントン級巡戦は全長二六六・五メートル。英国が誇る巡洋戦艦「フッド」よりも長い。

その長い艦体を、照準器の白い環が捉える。

「用意――」

かけ声と共に、魚雷の投下レバーに手をかける。ぎりぎりまで、投下を待つ。

「てっ！」

一声叫び、刈谷はレバーを引いた。

機首を僅かに押し下げ、重量物を切り離した反動で浮き上がりそうになる機体の高度を下げる。

「伊関機、発射！」

「了解！」

佐久間の報告に、刈谷は応えた。

前方では第一小隊の二機が右旋回をかけ、敵艦の後方に回り込みつつある。

刈谷も一小隊に倣い、舵輪を右に回した。

天弓が右に大きく旋回し、敵の艦影が左に流れる。

泡立つ海面が近づいて来るが、すぐにコクピットの死角に消える。

敵艦の右舷側に抜けると、今度は後方から敵弾が追いかけて来る。

すぐには、高度を上げられない。今しばらく、海面すれすれの超低空飛行が続く。

それが唐突に止んだ。

射程外に脱したのか、と思ったとき、佐久間が歓声混じりの声で報告した。

「水柱一本確認。艦首付近に命中です！」

有馬馨「赤城」艦長は、戦場に飛来した味方機が一斉に攻撃を開始したことを、敵の動きから悟っていた。

敵三、四番艦の「赤城」への砲撃が止んでいる。

永橋為茂砲術長は、「敵戦艦、取舵！」と報告し、観測機も「敵戦艦、取舵」との報告電を送っている。

敵三、四番艦の艦長は、「赤城」との砲戦より、航空攻撃の回避を優先したのだ。

「目標、敵三、四番艦。左舷探照灯、照射始め。三番艦と四番艦を、二秒ずつ照射せよ！」

「照射ですか、艦長？」

宮尾次郎航海長が、仰天《ぎょうてん》した声を上げた。

自殺行為です、と言いたげだった。

「攻撃隊に、雷撃目標を示すのだ。急げ！」

有無を言わさぬ口調で、有馬は命じた。

敵は回頭中であり、砲撃できない。

また、照射を実施することで「赤城」の位置を味方に教えることになり、同士打ちを防止できる。

それが有馬の考えだったが、そこまで説明している余裕はなかった。

「目標、敵三、四番艦。左舷探照灯、照射始め。三番艦と四番艦を、二秒ずつ照射せよ！」

宮尾が、有馬の命令を探照灯員に伝えた。

艦橋の後ろから、白く太い光芒が伸びた。

直径一五〇センチ。帝国海軍の艦艇が装備する探照灯のうち、最大の直径を持つものが点灯されたのだ。

光芒はレキシントン級巡戦の姿を、これまでにはないほど鮮明に浮かび上がらせている。

正確に二秒照射した後、一旦探照灯が消灯された。

三秒ほどの間を置いて、再び探照灯が点灯され、光芒が伸びた。

その先端は、回頭中の敵巡戦——四番艦の姿を捉えている。

「さあ来い、攻撃隊。目標は、あそこにいるぞ！」

有馬は、夜空に向かって呼びかけた。

探照灯が一旦消灯され、再び敵三番艦を照射する。三番艦、四番艦、三番艦と、二秒ずつ交互に白い光芒が浴びせられる。

四度目に三番艦を照射したとき、敵艦の艦橋の向こう側に、白い海水の柱が奔騰した。

その直後、黒い機影が一瞬、光芒の中をよぎったように見えた。

「やったか⁉」

有馬が身を乗り出して叫んだとき、探照灯が一旦照射を中断した。

赤い光の中に、敵艦の姿が浮かび上がっている。

「よし！」

有馬は宮尾と顔を見合わせ、頷き合った。

敵三番艦は、火災を起こしている。攻撃隊は雷撃に成功したのだ。

探照灯が点灯され、一五〇センチ探照灯の光芒が、敵四番艦を照らし出す。

その光の中、敵四番艦の中央に爆炎が躍った。

有馬は「照射止め！」を下令した。

探照灯の眩《まばゆ》い光が消え、海上の二箇所に、赤い光が揺らめく様が見えた。

「艦長より砲術。敵三番艦への砲撃再開！」

「目標、敵三番艦。砲撃再開します！」

待ってました――そう言いたげに、永橋は有馬の命令を復唱を返した。

このときを待っていたかのように、「赤城」の左舷側に向け、真っ赤な火焔がほとばしった。

敵三番艦に対する、通算六度目の砲撃だ。

「通信より艦橋。攻撃隊指揮官機より入電。『貴艦ノ支援ニ深謝ス』」

砲声の余韻が収まったところで、中野政知通信長が報告した。

「攻撃隊指揮官機に返信。『貴隊ノ雷撃見事ナリ』」

有馬は、攻撃隊に伝えたいと思っていたことを口にした。

感謝したいのはこちらだ、と口中で呟いた。攻撃隊が飛来したとき、「赤城」は窮地に立たされていた。

一対二の砲戦で、第三砲塔と飛行甲板に直撃弾を受けたにも関わらず、こちらはまだ命中弾を得ていなかったのだ
あのまま戦闘が推移していたら、「赤城」は二隻のレキシントン級から滅多《めった》打ちにされ、撃沈されていた可能性が高い。

だが、基地航空隊の来援によって状況は一変した。

攻撃隊は雷撃を成功させ、敵三、四番艦に大打撃を与えたのだ。

「赤城」は、窮地から救われただけではない。先に叩いた敵一番艦に続いて、レキシントン級二隻を沈める好機を得たことになる。

「この機会、なんとしても逃さぬ」

有馬は自身に言い聞かせるように呟き、弾着の瞬間を待った。

十数秒後、敵三番艦の艦上に新たな閃光が走った。揺らめいていた赤い光は一層拡大し、敵の艦影を、これまで以上に鮮明に浮かび上がらせた。

「よし！」

有馬は、満足の声を漏らした。

敵三番艦に対しては、一向《いっこう》に命中弾を得られず、二四発の四〇センチ砲弾を無駄に捨てた「赤城」だったが、攻撃隊が雷撃に成功した途端に直撃弾を得たのだ。

火災炎が格好の射撃目標となったに違いなかった。

「一斉撃ち方に切り替えます！」

「了解！」

永橋の報告に、有馬はごく短く返答した。

敵三、四番艦も被雷の衝撃から立ち直ったのだろう、艦上に新たな発射炎を閃かせる。

「赤城」は、敵三番艦に対する最初の斉射を放つ。

第三砲塔が破壊されたため、四基八門による砲撃だ。

主砲塔五基、一〇門の斉射に比べると、砲声も反

動もやや小さいように感じられるが、「赤城」の艦体は戦闘の興奮を感じているかのように震える。

敵三、四番艦の射弾が、先に落下した。

どちらも「赤城」の頭上を飛び越し、右舷側海面に落下した。

弾着の水音や水中爆発の音は伝わって来るが、爆圧はない。水柱も視認できない。

敵弾は、「赤城」から大きく外れた場所に落下している。

「予想通りだ」

有馬は呟いた。

被雷によって浸水が発生すれば、縦傾斜《トリム》が狂い、射撃精度が低下する。

敵三、四番艦は、左舷水線下を魚雷に抉り取られ、正確な砲撃が不可能になったのだ。

数秒後、「赤城」の斉射弾が目標を捉えた。

水柱の奔騰により、しばし火災炎による赤い光が消えたが、敵艦はすぐに姿を現した。

火災は、これまでよりも一層拡大したようだ。赤い光は明るさを増し、後続する四番艦をも照らしている。

「観測機より受信。『敵三番艦ニ命中三発確認』」

中野が報告を上げた。常に冷静な通信長だが、心なしか声が弾んでいるように感じられた。

敵三番艦の火災炎が大きく揺らぎ、四番艦の艦上に新たな発射炎が閃いた。

「見上げた闘志だ」

有馬は呟いた。

敵三番艦は火災を起こしながらも、なお射弾を放っている。満身創痍《まんしんそうい》となりながらも、敵の雑兵《ぞうひょう》に首を渡すまいとして刀創《とうそう》を振るう武者の姿を思わせた。

「赤城」が二度目の斉射を放つ。

四〇センチ主砲が咆哮し、燃えさかる敵艦目がけて、八発の巨弾を発射する。

敵弾が先に落下した。

三番艦の射弾は「赤城」の後方に落下し、四番艦の射弾は艦の頭上を飛び越えて、右舷側海面に着弾する。

水中爆発の音は届くが、爆圧はない。三番艦、四番艦共に、射撃精度は大幅に低下している。

「赤城」の第二斉射弾は、敵三番艦を包むように落下した。

火災炎が大きく揺らいだかと思うと、奔騰する水柱が、しばし敵三番艦を隠した。

水柱が崩れ、赤い光の揺らめきが見え始める。

「艦長より砲術。目標を敵二番艦に変更！」

有馬は永橋に新たな命令を送った。

敵三番艦は、ほぼ無力化したと言っていい。健在な主砲があったとしても、大火災を起こしている状況では、いずれ使用不能になる。

敵四番艦も雷撃を受けたため、砲撃が不正確になっている。

ならば、二番艦を叩くべきだ。作戦目的は第三艦隊、特に空母の救援であるからだ。

「目標、敵二番艦。宜候！」

永橋が復唱を返したが、「赤城」の主砲は、すぐには火を噴かない。

四基八門の四〇センチ連装砲塔は沈黙している。

「砲術、どうした？」

「敵二番艦、行《い》き足《あし》が止まっています」

「なんだって？」

永橋の答を受け、有馬は前方に双眼鏡《そうがんきょう》を向けた。

報告された通り、敵二番艦は黒煙を噴き上げながら、その場に停止している。

「通信より艦橋。七戦隊司令部の報告電を受信。『我、敵巡戦ヲ雷撃ス。魚雷四本ノ命中ヲ確認ス。二三四《フタサンヨン》四《ヨン》』」

「そうか！」

中野の報告を受け、疑問が一瞬で氷解した。

第七戦隊と第一二戦隊は、敵二番艦が航空雷撃を受け、速力が低下したところに、肉薄雷撃を敢行したのだ。

命中雷数は、航空魚雷と合わせて五本以上。うち四本は、帝国海軍が世界に誇る九三式六一センチ魚雷だ。

敵二番艦は、撃沈確実と見てよいだろう。

「観測機より受信。『敵四番艦、一八〇度ニ変針』」

中野が、新たな報告を上げた。

「逃げるつもりか」

有馬は、敵四番艦の艦長の意図を悟った。

雷撃を受け、射撃精度が大幅に低下した今、砲戦を続けても勝ち目はない。

無理に戦い続けて、沈められるよりも、戦場から離脱して他日《たじつ》を期そうというのだ。

「航海、取舵一杯。針路一八〇度！」

「やりますか、艦長？」

「無論《むろん》だ。一隻残らず沈めてやる」

宮尾の問いに、有馬は即答した。

レキシントン級は、機動部隊にとって大きな脅威となることが、この日の戦いではっきりした。

取り逃がせば、いずれまた帝国海軍の前に立ちはだかって来る。

なんとしても、この場で撃沈するのだ。

「取舵一杯。針路一八〇度！」

宮尾が操舵室に下令した。

「赤城」はしばし直進を続けた後、艦首を大きく左に振った。

被雷直後は見えていた敵四番艦の火災炎が、見えなくなっている。

早くも、鎮火に成功したのかもしれない。

「砲術、敵四番艦を捕捉できるか？」

「正確な砲撃には吊光弾が必要です」

「了解した」

有馬は一旦受話器を置き、通信室を呼び出した。

「観測機に命令。『敵四番艦ニ吊光弾投下』」

「『敵四番艦ニ吊光弾投下』。観測機に打電します」

中野が復唱を返す。

一〇秒ほどの間を置いて、「赤城」の右舷前方に、吊光弾の青白い光が見え始める。

前甲板では第一、第二砲塔が右に旋回し、太く長い砲身が仰角をかける。

数秒後には、砲撃が再開されると有馬は思っていたが——。

「砲術より艦長。敵四番艦の速力、三〇ノット以上！」

「なんだと、確かか？」

永橋の報告に、有馬は半ば反射的に聞き返した。

敵艦は魚雷を受けている。一本程度では沈まぬにせよ、三〇ノット以上の速力は発揮できないはずだ。無理に高速を発揮すれば、浸水が拡大し、自滅する。

「確かです。三二ノット乃至三三ノットを出しています」

「よし、撃ち方始め！」

有馬は断を下した。振り切られる前に射弾を浴びせれば、足止めも可能なはずだ。

「撃ち方始めます」

永橋が復唱を返し、「赤城」の第一、第二砲塔が砲撃を開始した。

各砲塔の一番砲二門が火を噴き、雷鳴のような砲声が轟く。

二発の四〇センチ砲弾が、遁走する敵艦の後方から追いすがる。

予想されたことではあったが、命中はない。敵四番艦は三〇ノットを超える速力で遁走を続けている。

「赤城」は第二射を放つが、命中はない。

二発の四〇センチ砲弾は、闇の中に吸い込まれるように消える。

更に二度の砲撃を繰り返したとき、中野が報告を上げた。

「七戦隊司令部より命令です。『戦闘中止。撃チ方止メ』」

「どういうことだ？」

有馬は、しばし混乱した。

敵四番艦は、三艦隊を追い詰めたレキシントン級の一艦だ。ここで取り逃がすわけにはいかない。

現場の経験が長い西村司令官には、分かっているはずだが――。

「『最上』に繋げ。司令官と直接話す」

有馬は中野に命じた。十数秒後、受話器の向こうから西村少将の声が聞こえて来た。

「西村だ」

「有馬です。今の命令はどういうことです？」

「どうもこうもない。命令した通りだ。作戦目的は三艦隊の救援であり、それが達成された以上、深追いすべきではない」

「敵四番艦はレキシントン級です。ここで叩いておかねば、禍根《かこん》を残します」

「敵の残存艦は明朝、機動部隊の艦上機で叩くとのことだ」

有馬は、束の間沈黙した。

戦闘中止の命令が西村ではなく、南雲忠一第三艦隊司令長官から出たものであることを、このとき悟った。

西村は、言葉を続けた。

「実のところ、私も貴官と同意見だが、敵四番艦に与えた打撃は思ったより小さいようだ。追撃をかけても、追いつける見込みはない。後は、機動部隊に任せた方がよいだろう」

「一度取り逃がした敵を、再度捕捉できるとは限りません」

「レキシントン級は高速だが、航空機にはかなわぬはずだ。夜明け前に、三艦隊の攻撃圏外に脱出できるとは考え難い。何よりも、南雲長官が乗り気になっておられるのだ。『航空機のみで戦艦を撃沈できることを実証する好機だ』と」

（南雲長官ではなく、幕僚の意志ではないのですか？）

その言葉が、有馬の喉元までこみ上げた。

第三艦隊は、部隊の性格上、司令部幕僚に航空の専門家が多い。南雲長官の専門は水雷だが、参謀長、航空甲参謀、乙参謀の三名は、生粋《きっすい》の航空屋だ。

彼らが南雲長官を突き上げ、戦闘中止の命令を出させたのではないのだろうか？

だが有馬は、その疑問を口にしなかった。

「分かりました。戦闘を打ち切り、本隊に合流します」

有馬は返答し、受話器を置いた。

高ぶる感情を抑えつつ、全乗員に命じた。

「艦長より達する。戦闘終了。本隊に合流する」

一瞬、艦内にざわめきが起きたような気がした。

乗員の多くが、有馬と同じように不満を抱いたであろうことは想像がついたが、押し被せるように命じた。

「繰り返す。戦闘終了。本隊に合流する。これは、三艦隊長官並びに七戦隊司令官の御命令である」

6

南雲忠一中将は、旗艦「土佐」の艦橋で苛立《いらだ》っていた。

昨夜、戦場となった海面には、第三、第四両艦隊が集結している。

空母は、両艦隊を合わせて八隻。

いちどきにこれだけ多数の空母が集結したことは、過去に例がない。

うち二隻は直衛担当の小型空母だが、正規空母六隻の飛行甲板上には、二五〇キロ爆弾を搭載した九九艦爆と九一式航空魚雷を搭載した九七艦攻、護衛の零戦が敷き並べられている。

命令あり次第、いつでも出撃できる態勢だが、発進命令はなかなか出なかった。

「分からぬ……」

南雲は艦橋の窓枠に両手をついて、海面を見渡した。

「レキシントン級は、どこに消えたのだ？」

攻撃隊の目標は、昨夜第三艦隊を襲った敵砲戦部隊の残存艦艇、特にレキシントン級の巡洋戦艦だ。

米海軍が誇る一九一六年度計画艦とはいえ、数は一隻だけであり、空母六隻の艦上機で攻撃を集中すれば撃沈できるはずだ。

今度こそ、「航空機のみによる戦艦の撃沈」を実現できる。

南雲以上に、酒巻宗孝参謀長、源田実航空甲参謀といった幕僚たちが意気込んでいた。

そのレキシントン級が見つからない。

第三艦隊は、夜明け前から戦艦、巡洋艦の水上機だけではなく、母艦航空隊の艦攻も一部投入して、周辺海域をくまなく捜索したが、「敵艦隊見ユ」の報告が届かないのだ。

時刻は正午に近づいているが、敵艦隊の行方は不明のままだった。


「索敵機の報告電によれば、サイパン、テニアンの東方から南方にかけての海上は雲が多く、スコールも数箇所で発生しております。敵艦隊は雲やスコールを利用し、姿を隠しているのかもしれません」

吉岡忠一航空乙参謀の意見に対し、酒巻が言った。

「スコールであれば一過性《いっかせい》のはずだ。姿を隠すにしても、限界があるはずだ」

「四艦隊の索敵機から、報告はないか？」

南雲の問いに、酒巻が答えた。

「通信室から、報告が届いておりません」

「小沢の性格から考えて、索敵は綿密《めんみつ》にやるはずだが……」

南雲は、小沢のいかつい風貌を思い出しながら呟いた。

小沢は、情報の重要性を誰よりも理解している。

その小沢であれば、洋上に綿密な索敵網を張り巡らし、敵艦を発見するのでは、と期待した。

――だが、更に二時間が経過しても、「敵艦隊見ユ」の報告は届かなかった。

（このまま、敵を発見できなければ）

不吉な予感が、南雲の胸をよぎった。

そうなれば第三艦隊、特に第一、第二両航空戦隊は、敵巡戦に追い回された挙《あ》げ句《く》、敵を取り逃がしてしまったことになる。

ルソン沖、パラオ沖の両海戦における勝利の立役者が、赤恥《あかはじ》をさらすことになるのだ。

そんなことになってたまるか、と思うが、今は「土佐」の艦橋で待つ以外にない。

焦慮と苛立ちを抑えつつ、南雲は「土佐」の長官席で、朗報を待ち続けた。


「日本機、オロテ岬の西方を通過。針路一八〇度」

アメリカ海軍第二設営大隊の本部に、報告が届いた。

グアム島西岸のオロテ半島で、洋上監視任務に当たっている沿岸監視隊《コースト・ウォッチャー》からだ。

「グアムに接近する様子はないのか？」

「監視員は、オロテ岬の沖をまっすぐ南に向かったと報告しています。グアムの近くからは去ったようです」

大隊長ジョー・カミングス中佐の問いに、副官のブレット・キャンベル中尉は返答した。

「敵の偵察機は、ＴＦ５の残存艦艇を捜索しているのでしょうな」

第一海兵師団から連絡将校として派遣されているジェームズ・ニコル大尉が言った。

昨夜、サイパン島の北方海上で、レキシントン級巡洋戦艦四隻を中心としたＴＦ５が、日本軍の機動部隊を攻撃したことは、第一海兵師団や第二設営大隊でも把握している。

ＴＦ５は、もう少しで日本艦隊の空母を全滅させられるところまで追い込んだが、日本軍の砲戦部隊や基地航空部隊が途中から戦闘に加わり、空母を援護したため、作戦は失敗に終わったという。

　TF5の残存艦艇は戦場海面から離脱したが、日本艦隊はその行方を捜しているのだろう。

「グアムへの物資搬入については、気づかれていないと見ていいだろうか？」

「気づいていれば、夜明けと同時に爆撃機が大挙来襲するか、艦砲射撃が始まっているでしょう。奴らの耳目《じもく》は、TF5に集中していると判断できます」

　カミングスの問いに、ニコルは自信ありげに答えた。

　合衆国海軍は昨夜、TF5による日本艦隊攻撃と並行して、グアム島への物資輸送を行っている。

　TF5が敵の目を引きつけている間に、輸送船団をグアム島西岸のアプラ港に入港させ、飛行場建設用の土木機材、資材、燃料、弾薬、設営大隊の増援を送り込んだのだ。

　途中、船団が日本軍に発見されたり、日本艦隊の攻撃を受けたりする危険もあったが、昨夜、グアムに敵の目は全く向けられておらず、船団は物資の揚陸《ようりく》に成功した。

　陸揚げされた物資は、夜明け前に内陸に輸送し、密林や洞窟の中に隠す、念入りに擬装《ぎそう》を行う等の方法で、上空から発見されないように工夫した。

　船団の入港そのものを日本軍に悟られぬため、輸送船は全てオロテ半島の沖で海没処分とし、乗員のみを護衛の駆逐艦に乗せて撤収させるという奇策《きさく》までが用いられている。

　行動の秘匿《ひとく》を徹底したことが奏功し、合衆国軍は、日本軍にグアムへの物資輸送を悟られずに済んだのだ。

「日が沈んだら、作業を開始する。その旨を、ヴァンデグリフト師団長に伝えてくれ」

　カミングスは、ニコルに言った。

　第二設営大隊は、今夜から空襲で破壊された飛行場の復旧作業にとりかかる。

　日本軍に気取《けど》られないよう、夜の間だけ作業を行い、昼間は飛行場が破壊されたままになっているように擬装するのだ。

一見、効率が悪いように見えるが、設営大隊にはブルドーザーを始めとする多数の土木機材がある。

一週間ほどで、戦闘機の活動が可能な程度まで復旧させられるはずだ。

トラックから戦闘機を呼び寄せ、局所的なものであっても制空権を確保できれば、以後は補給物資の搬入も進められる。

いずれは、島そのものを強力な航空要塞に仕立て上げ、マリアナ全域の制空権を奪取するのだ。

そうなれば、日本本土への進攻ルートを拓《ひら》くことも可能となるはずだった。

「ジャップも、さぞ驚くでしょうな。いつの間にか、グアムの飛行場が復活していたら」

小さく笑ったニコルに、カミングスは言った。

「一夜城《ワン・ナイト・キャッスル》という奴だな」

「何です、それは?」

「一六世紀の日本で、敵が目を光らせている戦略上の要衝《ようしょう》に、一夜にして城を築いたという故事《こじ》があるそうだ。城といっても本格的なものではなく、騎兵隊の砦《とりで》と大差《たいさ》のないものらしいがね」

「騎兵隊の砦でも、一夜で築くのは無理でしょう。今のように、高度な土木機材があるならともかく」

「事実かどうかは、私も知らん。実際には数日を要したものが、大げさに伝わっているだけかもしれない」

カミングスは、唇の端を吊り上げた。

「だが、グアムの一夜城《ワン・ナイト・キャッスル》は本物だ。一夜は無理にしても、一週間後には飛行場を完成させて見せる。海軍設営大隊の技術と名誉に懸けてな」

第六章　空母の守護神

1

「航空参謀にとっては、理想的な戦《いくさ》と言えるのではないかな？」

山本五十六連合艦隊司令長官は、榊久平航空参謀に笑いかけた。

四月二五日に生起した二つの海戦——第四艦隊と米機動部隊の海空戦と、第三、第四艦隊と米砲戦部隊の夜戦は、大本営によって「硫黄島沖海戦」「サイパン沖海戦」の公称がそれぞれ定められている。

山本が「理想的な戦」と言ったのは、サイパン沖海戦の方だ。

榊はかねてより「勝利のためには、手持ちの兵力を有機的に組み合わせ、海軍の総合力で戦うことが不可欠」と主張しており、サイパン沖海戦は、その主張を具現化したような戦いだったからだ。

「長官のおっしゃる通りとは思いますが、昼間のうちに敵の砲戦部隊を発見できなかったことが悔やまれます。それができていれば、『龍驤』と『長良』を失わずに済んだかもしれません」

榊は答えた。

硫黄島沖海戦、サイパン沖海戦共に、まだ戦闘詳報は届いていないが、連合艦隊司令部では、旗艦「香椎」の通信室が受信した第三、第四両艦隊の交信や報告電によって、海戦の経過を把握している。

敵の砲戦部隊に第三艦隊の空母が捕捉されたのは重大な失態だ、というのが榊の認識だ。

サイパンの基地航空隊が索敵を綿密にやっていれば、敵艦隊が第三艦隊を捕捉する前に発見できたはずだからだ。

「二一航戦、二三航戦にも、余裕がなかったのだろう。四月二五日はB17の爆撃によって、飛行場が一時的に使用不能に陥れられたとのことだから」

大西滝治郎参謀長が言った。

「正直な話、我が方も敵の奇策に翻弄された感が否めない。戦艦が空襲の危険も省みず、機動部隊に夜戦を挑むなど、考えられなかった」

山本の言葉を受け、黒島亀人首席参謀が言った。

「敵の指揮官は、レキシントン級ならあのような戦術も可能だと考えたのでしょう。開戦前における米国の公式発表によれば、レキシントン級の最高速度は三三・三ノットに達します。同級なら、索敵網をかいくぐり、空母に肉薄できると睨んだのでは？」

「実際、その通りになったわけだ」

大西が、苦い薬を飲み下したような表情で言った。

「三艦隊の交信だけでも、同部隊が相当に際《きわ》どいところまで追い詰められていたことが分かる。一歩間違えれば、『龍驤』だけではなく、『土佐』と『加賀』をも失うところだった」

大西の言葉を聞いて、榊は胸の痛みを覚えた。

「龍驤」は基準排水量一万トンの小型空母だが、その損失は、決して小さなものではない。

艦以上に惜しまれるのが、乗員の損失だ。

同艦は昭和八年に竣工し、艦齢九年になるベテラン空母だが、それだけに空母や艦上機の扱いに精通している乗員が多かった。

今後就役する新造空母に転属しても、すぐに戦力となる人々だった。

「龍驤」の艦上機搭乗員も、全員が艦と運命を共にしている。

空中に上がれば、一騎当千の艦上機乗りが、為《な》す術《すべ》もなく母艦と一緒に沈んでいったのだ。

我が軍は、取り返しのつかないものを失った、と思わずにはいられなかった。

「四艦隊第二部隊による救援が間に合ったのは、不幸中の幸いです。第二部隊の分派を決めた小沢長官の御判断は、お見事だったと思います」

黒島の一言を受け、山本は賛嘆の表情で言った。

「『赤城』は、いや七戦隊の『最上』『三隈』と一二戦隊の五隻もだが、実によく働いた」

硫黄島沖海戦とサイパン沖海戦の両方に参加した

艦は、第四艦隊第二部隊の八隻しかない。

特に「赤城」は、海空戦と水上砲戦の両方で空母を守っただけではなく、レキシントン級二隻を仕留めた殊勲艦だ。

「空母の守護神」とでも呼ぶべき艦だった。

「参謀長は今回の戦いで、戦艦、巡洋艦の役割を見直したのではないかね？」

「はあ、まったく」

山本が笑いかけると、大西は自らの不明を恥じるように頭を掻いた。

「ただ……海軍の主力は航空機であるべしとの考えに変化はありません。戦艦、巡洋艦は、航空機に力を発揮させるための重要な補助戦力であると認識しております」

「航空参謀は、このような状況を想定していたのかね？」

山本は、榊に聞いた。

三和義勇作戦参謀と協同で、新しい機動部隊の編成案を作成していたとき、

「『赤城』を機動部隊に編入し、空母の直衛艦とする」

との意見を出したのは榊だ。

連合艦隊司令部や軍令部では、

「帝国海軍最強の戦艦を空母の護衛役にするのは、鶏《にわとり》を裂くのに牛刀《ぎゅうとう》を以てする類《たぐ》いだ」

といった声もあったが、榊は、

「『赤城』が帝国海軍最強の戦艦だから、空母の護衛に適任だと考えたのです」

と主張した。

最終的には榊の意見が通り、「赤城」は第四艦隊に配属されている。

海戦の結果を見れば、「赤城」の四艦隊への配属は正解だったと言えるが――。

「私が『赤城』の四艦隊配属を主張したのは、同艦の対空兵装が充実していること、速度性能が高く、空母への随伴が可能であることから、空母の直衛任

務に最適と考えたためです。水上砲戦の可能性は、考えていませんでした」

榊は答えた。

実際問題として、敵巡戦が偵察網をかいくぐり、機動部隊に仕掛けて来るというのは、榊にとっても想定外の出来事だったのだ。

「戦場とは、何が起こるか分からぬものだ。互いに相手の裏を掻こうとして知恵を巡らせているとあっては、なおのことだ。大事なのは、今回のような事態が再発せぬよう、対策を練ることだろう」

山本は小さく笑った。終わりよければ全てよしだ、と言いたげだった。

「レキシントン級の撃沈が三隻に留まったのは惜しかったですな。画竜点睛《がりょうてんせい》を欠いた気がします」

黒島が言った。

四月二六日早朝、第三艦隊司令部より、

「捕虜『レンジャー』乗員ノ言、左ノ如シ。敵巡戦ハ四隻。『レキシントン』『レンジャー』『コンステイチューション』『コンステレーション』ナリ。『コンステレーション』ハ戦場ヨリ離脱シ、遁走セリ。〇六四〇《マルロクヨンマル》」

との報告が届いている。

第三艦隊はその後、第四艦隊と共に、遁走した「コンステレーション」を撃沈すべく、周辺海域に索敵機を放ったが、同艦を発見することはできず、取り逃がしている。

同艦の捕捉と撃沈に成功すれば、今度こそ「航空攻撃のみで戦艦を撃沈できる」ことを実証できたはずだが――。

「四月二六日は、サイパン周辺に雲が多く、スコールも複数箇所で発生していたとの情報が、第八艦隊より届いております。『コンステレーション』を発見できなかったのは、天候に妨げられたためかもしれません」

三和義勇作戦参謀の言葉に、山本は頷いた。

「今回は、天が敵に味方をしたということだな。『コンステレーション』へのとどめは、次の機会を待つとしよう。何よりも我が軍は、サイパン、テニアンの防衛という作戦目的を達成している。今回は、それで充分だろう」

「硫黄島の飛行場を敵に破壊されたことで、マリアナへの航空機の空輸が一時的に不可能になっています。硫黄島の飛行場を早急《さっきゅう》に復旧しなければ危険です」

榊が、注意を喚起するように言った。

硫黄島は、マリアナ諸島の制空権を維持するために不可欠の中継点だ。

陸攻や大艇であれば、内地から直接サイパン、テニアンまで飛べるが、零戦や天弓は途中で硫黄島に降りて、給油する必要がある。

内地との中継点が切断されたままでは、航空隊の増援に支障を来《きた》す。

「航空参謀の言う通りです。サイパン、テニアンは、この先の作戦展開に不可欠の足場であり、戦略上の最重要拠点です。足場をしっかり固めないことには、先には進めません」

大西も榊に賛同し、幕僚たちの多くも、同感です、と言いたげに頷いた。

「海戦には勝ったものの、戦略的には必ずしも我が方が勝ったとは言えぬな。マリアナは、依然B17の脅威にさらされている。硫黄島の中継基地を復旧しない限り、現地の航空戦力はいずれじり貧となる」

山本は厳しい表情で、机上に広げられている要域図を見た。

「前線への航空機、特に戦闘機の輸送には、空母を用いてはいかがでしょうか？　幸い『春日丸《かすがまる》』が竣工し、輸送任務に使用できる態勢を整えております」

三和作戦参謀が言った。

「春日丸」は、戦時には空母に改装するとの前提で、国家の助成の下に建造された日本郵船《にっぽんゆうせん》の豪華客船を、建造途中から特設空母に改装したものだ。

アメリカ海軍 CC-2 巡洋戦艦「コンステレーション」

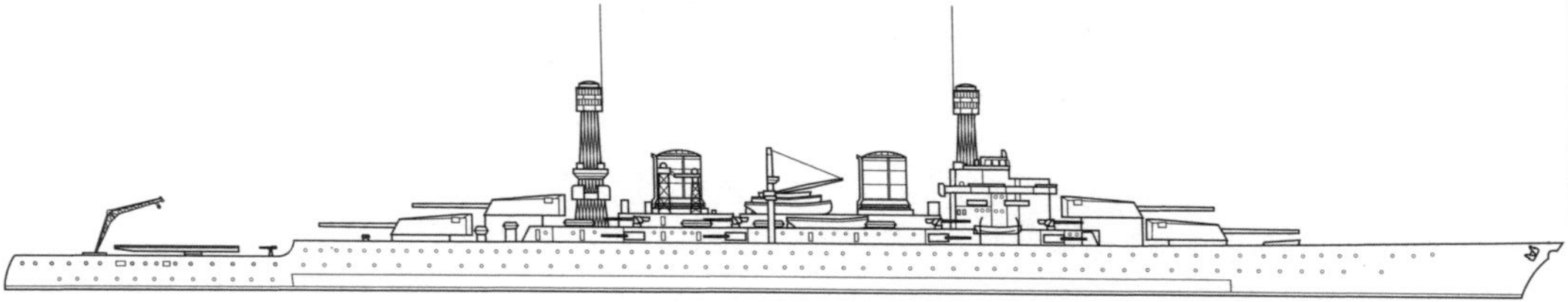

全長	266.5m
最大幅	32.2m
基準排水量	41,800トン
主機	ターボ電気推進 4基／4軸
出力	184,000馬力
速力	33.3ノット
兵装	40cm 50口径 連装砲 4基 8門 15.2cm 53口径 単装砲 16門 7.6cm 50口径 単装高角砲 8門 28mm 単装機銃 14丁
航空兵装	水上機 3機／射出機 2基
乗員数	2,180名
同型艦	CC-4 レンジャー、 CC-5 コンスティチューション、 CC-6 ユナイテッド・ステーツ

米海軍が建造した、レキシントン級巡洋戦艦の２番艦。

33.3ノットの快速と50口径40センチ砲８門の大火力を併せ持ち、開戦劈頭のトラック環礁砲撃作戦を見事に成功させるなど、太平洋の各所で活躍している。

対日開戦の直前になって搭載された、新開発のSG対水上レーダーは、戦艦などの大型艦艇であれば40キロ以上から探知可能で、闇に紛れて接近する敵艦にも先手を打てるなど、ことに夜戦の様相を一変させたと言われる。

高速力と引き換えに装甲は薄いが、敵国である日本海軍が保有する40センチ砲戦艦は「長門」「陸奥」「赤城」の３隻に過ぎないことから、大きな問題にはならないとされる。

１番艦「レキシントン」と、３番艦「サラトガ」は、近代化改装工事により対空火力を増強し、艦容が大きく変わっている。

最高速度は二一ノットと遅く、搭載機数も常用二三機、補用四機と少ないが、航空機の輸送や輸送船の護衛には充分な性能を持っている。

艦名は客船時代のものがそのまま使用されているが、いずれ空母に相応しい名が付けられる。

この艦を、マリアナへの航空機輸送に使おうというのが三和の案だった。

「それは一案だが、あくまで一時的なものだ。サイパン、テニアンの守りを盤石《ばんじゃく》なものとするには、やはり硫黄島の復旧が必要になる」

大西が言い、山本に顔を向けた。

山本は少し考え、重々しい口調で言った。

「サイパン沖海戦が終わった時点で、私は次の作戦展開について考えていたが、足場をしっかり固めなければ話にならぬ。その足場となるのが、サイパン、テニアンの両島であり、中継基地がある硫黄島だ。軍令部と協議の上、硫黄島の飛行場復旧を急ぐと共に、サイパン、テニアンにも増援を送ろう」

2

「アトランタ級は、役に立たぬと言うのかね？」

海軍長官フランク・ノックスは、意外さと不快さの入り交じった表情を浮かべて聞いた。

ワシントンにある海軍省の長官室に、海軍次官のジェームズ・フォレスタルが顔を出している。

たった今、フォレスタルが届けたのは、四月二五日の硫黄島沖海戦《サルファー・アイランド》（硫黄島沖海戦の米側公称）における防空巡洋艦アトランタ級二隻の運用結果だ。

両艦は二隻の空母を守って奮闘したが、多数のヴァルに爆撃を集中され、空母の供をするような形で沈んだということだった。

「全く役に立たなかったわけではありません。TF2の戦闘詳報《バトル・レポート》には、『アトランタ』はヴァル八機を、『ジュノー』はヴァル九機を、それぞれ撃墜したと記されております。ですが、両艦は空母を守り切ることができず、自らも沈没しました。遺憾《いかん》ではありますが、建造コストに見合う艦ではないと判断できます」

フォレスタルは、軍人というより赤字を報告するビジネスマンを思わせる口調で語った。

「ただ、TF2のバトル・レポートには、次のようにも記されております。アトランタ級による空母の護衛が失敗した一因は、数の不足である、と」

「アトランタ級が五、六隻あれば、空母を守り切れたということかね?」

「左様です」

「TF2の戦訓を容れるとなると、戦艦を一、二隻キャンセルし、その分の予算と資材をアトランタ級に回さねばならぬだろうな」

ノックスは、頭の中で計算しながら言った。

一九三九年度の建艦計画を定めるとき、アトランタ級の量産を主張する声も、海軍省と作戦本部にあったが、新型戦艦の建造が優先されたため、二隻が建造されただけに留まっている。

アトランタ級は建造コストが高いため、同級の量産には、建艦計画の大幅な見直しが必要だ。

対日戦争を戦っている現在、そのようなことを行っている余裕はなかった。

「貴官はどう思うかね?」

「アトランタ級の建造は、打ち止めとすべきでしょう。高性能の射撃管制システムを備えた防空艦でさえ、航空機に沈められてしまうことが実証されたのです。新鋭戦艦の建造コストが海軍予算を圧迫している現状で、コストに見合わない艦を建造する余裕はないと考えます」

「しかし、ジャップの航空攻撃が戦艦以下の諸艦艇に大きな脅威となっているのも事実だ」

「開戦以来のバトル・レポートを調べたところ、敵機を最も多く撃墜したのはF4Fでした。ジークに対してはやや力不足ですが、ヴァル、ケイトといった機体には、強みを発揮します。艦上戦闘機の充実を図ることが、対日戦勝利の鍵を握ると考えます」

「航空機の天敵は戦闘機、ということか」

「左様です」

「F4Fを前線に運ぶには空母がいる。今は、その空母が絶対的に足りない」

作戦本部は、キンメル太平洋艦隊司令長官の希望を容れ、大西洋に配備されていたヨークタウン級空母三隻のうち、「モントレイ」「カウペンス」を太平洋艦隊に回した。

その二隻が撃沈されたため、合衆国海軍が擁する正規空母は、三隻にまで落ち込んでいる。

これら三隻を全て太平洋に回しても、太平洋艦隊の戦艦群を守り切れるとは思えない。

「艦上戦闘機と空母につきましては、私に考えがあります。後ほど、意見書をお届けします」

自信ありげな口調で言ったフォレスタルに、ノックスは「うむ」と頷いて見せ、先を続けた。

「以前に、キンメルが語ったことがある。大艦巨砲主義とは、海軍の主力たる戦艦に十二分に威力を発揮させ、勝利を摑むことだ、と。その言葉自体に間違いはないが、実のところ、戦艦を中心とせざるを得ないのが現実だ。合衆国は、列国との建艦競争で一人勝ちとなったが、その結果、海軍の軍備は柔軟性を著しく欠いたものになった」

「海軍軍備の歪みについては、今ここで議論すべき内容ではありません。海軍省にできることは、戦艦中心の戦略に沿った建艦計画や兵器の生産計画の推進だけです」

「貴官の言う通りだ」

ノックスは、遠くを見るような表情になった。

合衆国海軍は、どこかで道を間違えたのではないか、と考えているようだった。

「今になって、大艦巨砲主義は間違っていたと認めるわけにも、航空主兵主義に切り替えるわけにもゆくまい。キンメルが言ったように、戦艦の力で日本海軍を打ち破ることを考えよう」

3

五月三日一六時一五分（現地時間一七時一五分）、第二〇航空隊に所属する零式水上偵察機六号機は、グアム島の南東八〇浬の海面に差し掛かりつつあった。

第二〇航空隊は、第八艦隊隷下の第五根拠地隊に所属する部隊だ。

サイパン島西岸のタナバクにある水上機基地を拠点に、周囲の索敵と対潜哨戒に当たっている。

四月二五日夜、サイパン近海に接近していた敵の砲戦部隊を発見できなかったのは、二〇空にとっては痛恨《つうこん》の一事《いちじ》だ。

敵の接近を許してしまったために、第三艦隊が危険な状況に陥り、主力空母の「土佐」「加賀」を失う寸前まで追い詰められたのだ。

それだけに、同部隊では索敵計画の大幅な見直しが行われ、従来以上に綿密な索敵網を張り巡らしていた。

この日、六号機がグアム沖まで進出したのは、同島に接近する艦船や航空機を早期に発見するためだ。

グアムの米軍は孤立しており、飛行場も使用不能だが、米国にグアムを明け渡す意志はない。

日本側が突き止めた情報によれば、潜水艦や飛行艇によって、食糧や弾薬の輸送が行われている。

それらを発見し、サイパンの友軍に伝えるのが、二〇空の役割だった。

「そろそろ帰還するか」

機長と偵察員を兼任する岩藤澄夫《いわふじすみお》中尉は、操縦員の須本猛《すもとたけし》一等飛行兵曹に声をかけた。

今からタナバクに戻れば、日没ぎりぎりになる。

岩藤も、須本も、電信員の富田謙五《とみたけんご》三等飛行兵曹も、夜間飛行の訓練を受けてはいるが、できることなら夜間の着水は避けたい。

「タナバクに帰還します」

須本が復唱し、水偵が左に旋回する。

前方にわだかまっていた雲が右に流れ、死角に消える。

燃料は、まだ七割近くを残している。巡航速度より大きめの速力で飛んでも、充分保《も》ちそうだ。

沈みゆく夕陽を背に、タナバクの水上機基地に着水する水偵の姿を、岩藤は思い描いていたが――。

「雲の切れ間より敵機！」

富田の叫び声が、伝声管を通じて響いた。

岩藤は咄嗟に振り返り、そして見た。

雲の間から湧き出すように、多数の敵機が出現している。

「須本、急降下だ！　海面付近まで降りろ！」

「海面付近まで降ります！」

岩藤の命令に、須本は即答した。

機首がぐいと押し下げられ、零式水偵は降下を開始した。

「敵機、追って来ます！」

「司令部に打電。『敵大編隊見ユ。位置、〈グアム〉ヨリノ方位一三五度。一六一七《ヒトロクヒトナナ》』」

悲鳴じみた声で叫んだ富田に、岩藤は命じた。

打電すれば、その間、七・七ミリ旋回機銃は撃てないが、最優先すべきは敵機の出現を味方に知らせることだ。

「『敵大編隊見ユ。位置、〈グアム〉ヨリノ方位一三五度。一六一七《ヒトロクヒトナナ》』。司令部に打電します！」

富田が、慌ただしく命令を復唱する。

零式水偵は、海面に向かって降下を続ける。

今一度、後ろを振り向いた岩藤の目に、編隊から離れた機体が目に入った。

機数は四機。機首は、水偵に向けられている。

「グラマンだな」

岩藤は、敵機の形状から機種を見抜いた。

空母から発艦した機体か。それともトラックからグアムに飛来した機体か。

（後者だとすれば、由々《ゆゆ》しき重大事だ）

Ｆ４Ｆの出現が意味するところを悟り、岩藤は背筋に冷たいものが流れるのを感じた。

出現したＦ４Ｆがグアムを目指しているとすれば、同地の米軍飛行場は着陸可能ということになる。

グアムの米軍飛行場は、開戦後間もない時期に日本軍の航空攻撃で使用不能に陥れたはずだが、いつの間にか復旧されていたのか。

なんとしても、この事実を友軍に知らせなければならない。

「富田、打電は――」

聞こうとしたとき、風防の右脇を青白い火箭が流れた。

Ｆ４Ｆが早くも距離を詰め、一連射を放ったのだ。

「富田、打電急げ！　平文《ひらぶん》でもいい！」

岩藤が早口で命じたとき、後席からけたたましい破壊音が届き、短い絶鳴が聞こえた。

「富田！」

あらん限りの声で呼びかけたが、応答はない。

後席を振り返ると、富田がうなだれている様が分かる。

打電は間に合わなかった。Ｆ４Ｆの射弾は、富田に当たったのだ。

Ｆ４Ｆが二機、立て続けに水偵の真上を通過する。

一旦距離を置き、機体を大きく倒し、急角度の水平旋回をかける。

ルソン沖でも、パラオ沖でも、零戦隊が圧倒したと聞くが、旋回性能は零戦に引けを取らないようだ。

「山猫《ワイルドキャット》」という機名を冠《かん》するだけのことはある。

Ｆ４Ｆ二機が、正面上方から向かって来た。

零式水偵が機体を右に、左にと振った。

須本が操縦桿を不規則に倒し、敵弾回避を試みたのだ。

一二・七ミリ弾の青白い火箭が主翼や胴体をかすめ、Ｆ４Ｆが続けざまに頭上をよぎる。

零式水偵は、なおも降下を続ける。海面が急速にせり上がり、目の前に迫って来る。

（なんとしてもサイパンに戻らねば。戻って、敵情を報告せねば）

焦りと使命感が、岩藤を駆り立てている。

打電が間に合わなかった以上、自分と須本が直接報告する以外にない。

そのためにも、この場を生き延びねばならない。

岩藤は、後方を振り返った。

Ｆ４Ｆ二機が反転し、なおも追って来る。

こちらは三座の水上機、Ｆ４Ｆは単座の戦闘機だ。速度性能は比較にならない。

みるみる距離が詰まり、機影が拡大して来る。

「後方よりグラマン！」

岩藤が須本に伝えたとき、Ｆ４Ｆの両翼に発射炎が閃き、無数の曳痕がほとばしった。

再び水偵が機体を左右に振る。一番機の射弾は左方に逸れ、前下方へと消える。

安堵する間もなく、二番機の射弾が襲って来た。

岩藤が両目を大きく見開いたとき、衝撃が頭を襲い、意識が瞬時に消し飛んだ。

偵察員と操縦員を射殺された零式水偵は、風防ガラスの破片を撒き散らしながら、滑り込むようにして、海面へと突っ込んでいった。

【第四巻に続く】

ご感想・ご意見は
下記中央公論新社住所、または
e-mail：cnovels@chuko.co.jpまで
お送りください。

C★NOVELS

高速戦艦《こうそくせんかん》「赤城《あかぎ》」3
——巡洋戦艦《レキシントン》急襲《きゅうしゅう》

2023年12月25日　初版発行

著　者　横《よこ》山《やま》信《のぶ》義《よし》
発行者　安部順一
発行所　中央公論新社
〒100-8152　東京都千代田区大手町1-7-1
電話　販売 03-5299-1730　編集 03-5299-1930
URL https://www.chuko.co.jp/

ＤＴＰ　平面惑星
印　刷　三晃印刷（本文）
大熊整美堂（カバー・表紙）
製　本　小泉製本

Published by CHUOKORON-SHINSHA, INC.
Printed in Japan　ISBN978-4-12-501475-3 C0293

高速戦艦「赤城」1

帝国包囲陣

横山信義

満州国を巡る日米間交渉は妥協点が見出せぬまま打ち切られ、米国はダニエルズ・プランのもとに建造された四〇センチ砲装備の戦艦一〇隻、巡洋戦艦六隻をハワイとフィリピンに配備する。

ISBN978-4-12-501470-8 C0293　1100円

カバーイラスト　佐藤道明

高速戦艦「赤城」2

「赤城」初陣

横山信義

戦艦の建造を断念し航空主兵主義に転じた連合艦隊は、辛くも米戦艦の撃退に成功した。しかしアジア艦隊撃滅には至らず、また米極東陸軍がバターン半島とコレヒドール要塞で死守の構えに。

ISBN978-4-12-501473-9 C0293　1100円

カバーイラスト　佐藤道明

連合艦隊西進す 1

日独開戦

横山信義

ソ連と不可侵条約を締結したドイツは勢いのままに大陸を席巻、英本土に上陸し首都ロンドンを陥落させた。東アジアに逃れた英艦隊は日本に亡命。これによりヒトラーの怒りは日本に波及した。

ISBN978-4-12-501456-2 C0293　1000円

カバーイラスト　高荷義之

連合艦隊西進す 2

紅海海戦

横山信義

亡命イギリス政府を保護したことで、ドイツ第三帝国と敵対することになった日本。第二次日英同盟のもとインド洋に進出した連合艦隊は、Ｕボートの襲撃により主力空母二隻喪失という危機に。

ISBN978-4-12-501459-3 C0293　1000円

カバーイラスト　高荷義之

表示価格には税を含みません

連合艦隊西進す 3
スエズの彼方

横山信義

英本土奪回を目指す日本・イギリス連合軍にはスエズ運河を押さえ、地中海への航路を確保する必要がある。だが連合軍の前に、北アフリカを堅守するドイツ・イタリア枢軸軍が立ち塞がる！

ISBN978-4-12-501461-6 C0293 1000円

カバーイラスト 高荷義之

連合艦隊西進す 4
地中海攻防

横山信義

ドイツ・イタリア枢軸軍を打ち破り、次の目標である地中海制圧とイタリア打倒に向かう日英連合軍。シチリア島を占領すべく上陸船団を進出させるが、枢軸軍がそれを座視するはずもなく……。

ISBN978-4-12-501463-0 C0293 1000円

カバーイラスト 佐藤道明

連合艦隊西進す 5
英本土奪回

横山信義

日英連合軍はアメリカから購入した最新鋭兵器を装備し、悲願の英本土奪還作戦を開始。ドイツも海軍に編入した英国製戦艦を出撃させる。ここに、前代未聞の英国艦戦同士の戦いが開始される。

ISBN978-4-12-501465-4 C0293 1000円

カバーイラスト 佐藤道明

連合艦隊西進す 6
北海のラグナロク

横山信義

日英連合軍による英本土奪還が目前に迫る中、ドイツ軍に、ヒトラー総統からロンドン周辺地域の死守命令が下された。英国政府は市街戦を避け、兵糧攻めにして降伏に追い込むしかないと決断。

ISBN978-4-12-501468-5 C0293 1000円

カバーイラスト 佐藤道明

烈火の太洋 1
セイロン島沖海戦

横山信義

昭和一四年ドイツ・イタリアとの同盟を締結した日本は、ドイツのポーランド進撃を契機に参戦に踏み切る。連合艦隊はインド洋へと進出するが、そこにはイギリス海軍の最強戦艦が――。

ISBN978-4-12-501437-1 C0293　1000円

カバーイラスト　高荷義之

烈火の太洋 2
太平洋艦隊急進

横山信義

アメリカがついに参戦！　フィリピン救援を目指す米太平洋艦隊は四〇センチ砲戦艦コロラド級三隻を押し立てて決戦を迫る。だが長門、陸奥という主力を欠いた連合艦隊に打つ手はあるのか⁉

ISBN978-4-12-501440-1 C0293　1000円

カバーイラスト　高荷義之

烈火の太洋 3
ラバウル進攻

横山信義

ラバウル進攻命令が軍令部より下り、主力戦艦を欠いた連合艦隊は空母を結集した機動部隊を編成。米太平洋艦隊も空母を中心とした艦隊を送り出した。ここに、史上最大の海空戦が開始される！

ISBN978-4-12-501442-5 C0293　1000円

カバーイラスト　高荷義之

烈火の太洋 4
中部ソロモン攻防

横山信義

海上戦力が激減した米軍は航空兵力を集中し、ニューギニア、ラバウルへと前進する連合艦隊に対抗。膠着状態となった戦線に、山本五十六は新鋭戦艦「大和」「武蔵」で迎え撃つことを決断。

ISBN978-4-12-501448-7 C0293　1000円

カバーイラスト　高荷義之

表示価格には税を含みません

烈火の太洋 5
反攻の巨浪

横山信義

米軍の戦略目標はマリアナ諸島。連合艦隊はトラックを死守すべきか。それとも撃って出て、米軍根拠地を攻撃すべきか？　連合艦隊の総力を結集した第一機動艦隊が出撃する先は——。

ISBN978-4-12-501450-0 C0293　1000円　カバーイラスト　高荷義之

烈火の太洋 6
消えゆく烈火

横山信義

トラック沖海戦において米海軍の撃退に成功したものの、連合艦隊の被害も甚大なものとなった。彼我の勢力は完全に逆転。トラックは連日の空襲に晒される。そこで下された苦渋の決断とは。

ISBN978-4-12-501452-4 C0293　1000円　カバーイラスト　高荷義之

荒海の槍騎兵 1
連合艦隊分断

横山信義

昭和一六年、日米両国の関係はもはや戦争を回避できぬところまで悪化。連合艦隊は開戦に向けて主砲すべてを高角砲に換装した防空巡洋艦「青葉」「加古」を前線に送り出す。新シリーズ開幕！

ISBN978-4-12-501419-7 C0293　1000円　カバーイラスト　高荷義之

荒海の槍騎兵 2
激闘南シナ海

横山信義

「プリンス・オブ・ウェールズ」に攻撃される南遣艦隊。連合艦隊主力は機動部隊と合流し急ぎ南下。敵味方ともに空母を擁する艦隊同士——史上初・空母対空母の大海戦が南シナ海で始まった！

ISBN978-4-12-501421-0 C0293　1000円　カバーイラスト　高荷義之

荒海の槍騎兵 3
中部太平洋急襲

横山信義

集結した連合艦隊の猛反撃により米英主力は撃破された。太平洋艦隊新司令長官ニミッツは大西洋から回航された空母群を真珠湾から呼び寄せ、連合艦隊の戦力を叩く作戦を打ち出した！

ISBN978-4-12-501423-4 C0293　1000円　カバーイラスト　高荷義之

荒海の槍騎兵 4
試練の機動部隊

横山信義

機動部隊をおびき出す米海軍の作戦は失敗。だが日米両軍ともに損害は大きかった。一年半余、ついに米太平洋艦隊は再建。新鋭空母エセックス級の群れが新型艦上機隊を搭載し出撃！

ISBN978-4-12-501428-9 C0293　1000円　カバーイラスト　高荷義之

荒海の槍騎兵 5
奮迅の鹵獲戦艦

横山信義

中部太平洋最大の根拠地であるトラックを失った連合艦隊。おそらく、次の戦場で日本の命運は決する。だが、連合艦隊には米艦隊と正面から戦う力は失われていた——。

ISBN978-4-12-501431-9 C0293　1000円　カバーイラスト　高荷義之

荒海の槍騎兵 6
運命の一撃

横山信義

機動部隊は開戦以来の連戦により、戦力の大半を失ってしまう。新司令長官小沢は、機動部隊を囮とし、米海軍空母部隊を戦場から引き離す作戦で賭に出る！　シリーズ完結。

ISBN978-4-12-501435-7 C0293　1000円　カバーイラスト　高荷義之

表示価格には税を含みません